Tchick

Wolfgang Herrndorf

Tchick

Romance

Traduzido do alemão por
Claudia Abeling

TORDSILHAS

O texto deste livro foi fixado conforme o acordo ortográfico vigente no Brasil desde 1º de janeiro de 2009.

TÍTULO ORIGINAL *Tschick*

EDIÇÃO UTILIZADA PARA ESTA TRADUÇÃO Wolfgang Herrndorf, *Tschick*, Reinbeck bei Hamburg, Rowohlt, 2010

REVISÃO Ana Maria Barbosa, Bia Nunes de Sousa e Carmem T. S. Costa

PROJETO GRÁFICO Kiko Farkas e Thiago Lacaz/Máquina Estúdio

CAPA Kiko Farkas e Adriano Guarnieri/Máquina Estúdio

1ª edição, 2011

Dados Internacionais de Catalogação na Publicação (CIP)
(Câmara Brasileira do Livro, SP, Brasil)

Herrndorf, Wolfgang Tchick : romance / Wolfgang Herrndorf ; tradução do alemão de Claudia Abeling. -- São Paulo : Tordesilhas, 2011.
Título original: Tschick.

ISBN 978-85-64406-16-2

1. Ficção alemã I. Título.

11-08450 CDD-833

Índices para catálogo sistemático:
1. Ficção : Literatura alemã 833

2011
Tordesilhas é um selo da Alaúde Editorial Ltda.
Rua Hildebrando Thomaz de Carvalho, 60
04012-120 – São Paulo – SP
www.tordesilhaslivros.com.br

Sumário

Tchick

Aos meus amigos

Dawn Wiener: Eu estava me vingando.
Sra. Wiener: Quem disse que era para você se vingar?

Todd Solondz, *Bem-vindo à casa de bonecas*

1

O cheiro de sangue e de café é o que se sente primeiro. A cafeteira está sobre a mesa e o sangue está nos meus sapatos. Para ser sincero, não é apenas sangue. Quando o mais velho disse "catorze", eu mijei nas calças. Fiquei pendurado torto na banqueta o tempo todo, sem me mexer. Estava tonto. Tentei parecer como achei que Tchick provavelmente pareceria se alguém lhe dissesse "catorze", e daí mijei nas calças de medo. Maik Klingenberg, o herói. Mas nem sei por que esse nervosismo agora. Afinal, sempre esteve claro que ia terminar assim. Tchick com certeza não mijou nas calças.

Onde está Tchick, aliás? Eu ainda o vi na estrada, pulando com uma perna para dentro dos arbustos, mas acho que eles também o pegaram. Não se vai longe com uma perna só. Claro que não posso perguntar aos policiais. Porque se eles não o viram, lógico que é melhor nem tocar no assunto. Talvez não o tenham visto. E, de mim, certamente é que não vão saber. Podem até me torturar. Embora a polícia alemã, acho, não possa torturar ninguém. Isso só dá pé na televisão e na Turquia.

Mas estar sentado, todo mijado e ensanguentado, no posto da polícia rodoviária, respondendo a perguntas sobre os pais, também não é exatamente o maior barato. Talvez a tortura fosse até bastante agradável, pelo menos eu teria um motivo para o meu nervosismo.

O melhor a fazer é ficar de boca fechada, Tchick disse. Concordo. Agora, quando tudo tanto faz. E, para mim, tudo tanto faz. Bem, quase tudo. Tatjana Cosic, por exemplo, claro que ela está fora do tanto faz. Embora eu não pense nela há bastante tempo. Mas agora que estou empoleirado nessa banqueta e, lá fora, a estrada passa em alta velocidade e o policial mais velho está faz cinco minutos junto da cafeteira, enchendo a máquina de água e depois despejando de volta, apertando o botão e olhando a coisa por baixo, enquanto qualquer paspalho consegue perceber que a tomada da extensão não está ligada, agora eu tenho de pensar de novo na Tatjana. Porque, para falar a verdade, eu não estaria aqui se Tatjana não existisse. Embora ela não tenha nada a ver com a coisa toda. Está obscura essa minha conversa? É, sinto muito. Vou tentar mais tarde de novo. Tatjana não aparece nem uma vez na história toda. A garota mais bonita do mundo não aparece. Durante a viagem inteira fiquei imaginando que ela pudesse nos ver. A gente olhando para fora do trigal, lá em cima. A gente sobre o monte de lixo, com a pilha de mangueiras, feito os últimos babacas... Sempre imaginei que Tatjana estivesse atrás de nós, vendo o que víamos e se alegrando como nos alegrávamos. Mas agora estou aliviado por isso ter sido apenas minha imaginação.

O policial tira uma toalha verde de papel de um toalheiro e me entrega. O que tenho de fazer com isso? Limpar o chão? Ele pega o próprio nariz com dois dedos e olha para mim. Ah, bom. Assoar o nariz. Assoo o nariz, ele sorri amistoso. Acho que posso tirar a tortura da parada. Mas e agora o lenço? Esquadrinho o chão com os olhos, procurando. O posto inteiro é revestido por um piso cinza, exatamente o mesmo dos corredores que vão dar no nosso ginásio de educação física. E cheira mais ou menos igual. Mijo, suor e linóleo. Vejo Wolkow, nosso professor de educação física, saltitando pelos corredores de agasalho, setenta anos, em forma: Vamos lá, garotos! Um, dois! O barulho de seus passos estalados sobre o chão, mais ao longe as risadinhas do vestiário das meninas e o olhar de Wolkow para lá. Vejo as janelas altas, os bancos, as argolas no teto, que nunca foram usadas para ginástica. Vejo Natalie, Lena e Kimberley se aproximando pela entrada lateral do ginásio. E Tatjana com seu conjunto verde. Vejo seu reflexo embaçado sobre o chão do ginásio, as calças brilhantes que as meninas agora sempre usam, as blusas. É que nos últimos tempos a metade delas faz ginástica com pulôveres de lã, grossos, e ao menos três estão sempre com um atestado do médico. Ginásio Hagecius em Berlim, nono ano.

"Achei que era quinze", digo, e o policial balança a cabeça.

"Não, catorze. Catorze. O que aconteceu com o café, Horst?"

"O café quebrou", diz Horst.

Quero falar com meu advogado.

Essa seria a frase que eu provavelmente teria de dizer agora. A frase certa na hora certa, como todo mundo aprendeu na televisão. Mas não é tão fácil dizer: Quero falar com meu advogado. Tenho quase certeza de que eles morreriam de rir. O problema é: não faço a mínima qual é a dessa frase. Se eu disser: quero falar com meu advogado, e eles perguntarem: "*Com quem* você quer falar? *Seu advogado*?", o que vou responder? Nunca vi um advogado na minha vida e também não sei para que eu precisaria de um. E nem sei o que exatamente um advogado faz e se todos encaram qualquer bronca. Deve ser algo parecido com um juiz, acho, só que ele está do meu lado e tem mais noção das leis do que eu. Mas qualquer um desse lugar aqui tem mais noção das leis do que eu. Claro que eu poderia perguntar para eles. Mas aposto que se eu perguntasse ao mais jovem se estou precisando de um tipo de advogado, ele se viraria para o colega, dizendo: "Ei, Horst! Horstão, ei, cara! Venha cá! Nosso herói aqui quer saber se ele precisa de um advogado! Veja só isso. Mela todo o chão com sangue, mija nas calças como um campeão mundial e... quer falar com *seu advogado*!". Rá-rá-rá. Eles vão se matar de rir. E acho que já estou na pior o suficiente, não preciso me fazer de banana. O que aconteceu, aconteceu. Mais é impossível. Nem o advogado vai conseguir mudar nada disso. Porque somente um perturbado mental poderia tentar negar que *fizemos* merda. O que posso dizer? Que passei a semana inteira em casa, tomando sol na piscina, pergunte pra empregada? Que as metades de porco caíram do céu como se fossem chuva? Agora não consigo fazer mais muita coisa. Eu poderia rezar na direção de Meca e cagar nas calças, fora isso não existem mais muitas opções em aberto.

O mais jovem, que até que parece bem simpático, balança a cabeça e repete: "Quinze é bobagem. Catorze. A maioridade penal é aos catorze".

Provavelmente eu deveria sentir culpa, me arrepender e o blá-blá-blá todo, mas, sinceramente, não sinto nada. Estou apenas muito tonto. Arranho a batata da perna. Só que onde antes ficava minha batata da perna agora não tem mais nada. Um fio de muco roxo fica colado na minha mão. Isso não é sangue *meu*, eu disse antes, quando me perguntaram. Afinal, tinha sangue o suficiente espalhado pela rua para os interessados de plantão, e achei de verdade que não era meu sangue. Mas se não é meu sangue, então onde está minha batata da perna?, me pergunto.

Arregaço a perna da calça e olho para baixo. Tenho exatamente um segundo para me espantar. Se eu tivesse de assistir a isso num filme, com certeza passaria mal, acho, e realmente estou passando mal agora, neste posto da polícia rodoviária, o que de certa forma também é tranquilizador. Por um breve momento vislumbro meu reflexo sobre o linóleo se aproximando de mim, ouve-se um barulhão e desfaleço.

2

O médico abre e fecha a boca feito uma carpa. Demoram alguns segundos até que saiam as palavras. O médico grita. Por que será que o médico está gritando? Ele está gritando com a mulher baixinha. Daí o cara de uniforme se mete no meio, um uniforme azul. Um policial que ainda não conheço. Ele dá uma bronca no médico. Como sei que se trata de um médico? Ele usa um avental branco. Poderia ser padeiro também. Mas no bolso do avental há uma lanterna de metal e um negócio desses de escutar. O que um padeiro vai fazer com um negócio de escutar, escutar um pãozinho? Deve mesmo ser um médico. E esse médico aponta para minha cabeça e berra. Tateio por debaixo da coberta, onde estão minhas pernas. Elas estão peladas. Também parece que não estão mais mijadas ou ensanguentadas. Onde estou?

Estou deitado de costas. No alto, tudo é amarelo. Olho para o lado: janelas grandes, escuras. Outro lado: cortina de plástico. Hospital, eu diria. E combina com o médico. E, claro, a mulher baixinha também está usando um avental e carrega um bloco. E qual hospital, talvez o grande hospital universitário? Não, não faço a mínima. Afinal, não estou em Berlim. Acho que vou perguntar, mas ninguém presta atenção em mim. Porque o policial não gosta de receber bronca do médico e devolve a bronca, mas o médico grita ainda mais alto — e assim a gente percebe, de maneira interessante, quem é que manda por aqui. Quem manda por aqui é, sem dúvida, o médico, e não o policial, e eu estou tão exausto, mas também feliz e cansado, estou como que revestido internamente de felicidade. Torno a dormir, sem dizer uma palavra. A felicidade, descobre-se mais tarde, chama-se Valium. Ela é aplicada com grandes injeções.

Na próxima vez em que acordo está tudo claro. O sol aparece nas janelas grandes. Meus pés estão sendo arranhados. Ah, de novo um médico, dessa vez outro, e ele também está com uma enfermeira a tiracolo. Nada de policiais. Só que não é nada agradável o médico ficar arranhando meus pés desse jeito. Por que será que ele arranha desse jeito?

"Ele acordou", observa a enfermeira. Longe de ser genial.

"Ah, aha." O médico olha para mim. "Como vai?"

Quero falar alguma coisa, mas da minha boca sai apenas: "Pfff".

"Como vai? Você sabe seu nome?"

"Pff-ããhn?"

Que pergunta é essa? Eles estão me achando maluco? Olho para o médico, que me olha, e daí ele se curva sobre mim e me ilumina os olhos com uma lanterna. Isso é um interrogatório? Devo confessar meu nome ou o quê? Será que este é o hospital de torturas? E, se for, então por favor que tal parar um pouquinho de erguer minhas pálpebras, ou pelo menos fazer de conta que ele se interessa pela minha resposta? Entretanto, não respondo nada. Porque, enquanto penso se devo dizer Maik Klingenberg ou apenas Maik ou Klinge ou Átila, rei dos hunos — é o que meu pai diz sempre quando está estressado, quando passou o dia inteiro escutando apenas notícias ruins, então ele toma dois *jägermeister* e se anuncia no telefone como Átila, rei dos hunos —, quer dizer, enquanto ainda estou pensando se devo dizer alguma coisa ou se numa situação dessas dá para ficar quieto, o médico já está falando algo tipo "quatro disso" e "três daquilo" e volto a dormir.

3

Dá para dizer muita coisa sobre hospitais, mas não que não seja legal ficar num deles. Eu adoro ficar em hospitais. A gente passa o dia todo sem fazer nada e depois chegam as enfermeiras. As enfermeiras são todas superjovens e supersimpáticas. E elas usam aqueles aventais fininhos, que acho bárbaros porque dá para ver de cara o tipo de roupa íntima que está por baixo. Mas eu também não sei por que acho isso tão bárbaro. Porque se alguém andasse na rua com um avental desses, eu acharia ridículo. Mas no hospital é bárbaro. Opinião minha. É um pouco como nos filmes de máfia, quando os gângsteres sempre olham em silêncio durante um minuto para alguém antes de dar uma resposta. "Olhe nos meus olhos!" Cinco minutos de silêncio. Na vida real, isso é ridículo. Mas quando se está na máfia, não é.

Minha enfermeira predileta vem do Líbano e se chama Hanna. Ela tem cabelo preto curto e usa roupas íntimas *normais*. Isso também é bárbaro: roupas íntimas normais. As outras roupas íntimas sempre passam uma sensação um pouco triste. A maioria delas. Como as pessoas não têm exatamente o corpo da Megan Fox, o resultado pode ficar bem desesperador. Não sei. Talvez eu seja pervertido: gosto de *roupas íntimas normais*.

Na verdade, Hanna ainda está estudando enfermagem, ou seja, está fazendo um curso ou algo assim, e quando entra no meu quarto, ela primeiro põe a cabeça para dentro e depois bate com dois dedos no batente da porta; acho isso muito, muito gentil, e todos os dias ela inventa um novo nome para mim. No começo, eu me chamava Maik, depois Maiki, depois Maikipaiki, e foi quando pensei: uau! Mas não terminou por aí. Depois, meu nome foi Michael Schumacher, daí Átila, rei dos hunos, daí Assassino de Porcos e, por fim, até *Menininho Doente*. Só por isso eu gostaria de ficar mais um ano neste hospital.

Hanna troca meu curativo todos os dias. O procedimento dói bastante e Hanna também sente dor, como dá para notar pelo seu rosto.

"O principal é você curtir", ela sempre diz ao terminar, e eu sempre digo que depois provavelmente vou me casar com ela ou uma besteira parecida. Mas, que lástima, ela já tem namorado. Às vezes ela vem assim por nada e se senta junto à minha cama porque eu quase não recebo visitas, e as nossas conversas são realmente boas. Conversas de adultos de verdade. É incrivelmente mais fácil conversar com mulheres como Hanna do que com garotas da minha idade. Se alguém puder me explicar o porquê disso, essa pessoa pode ficar à vontade para me ligar, pois eu não consigo entender.

4

O médico é menos divertido. "Isso é apenas um pedaço de carne", ele diz, "músculos", "não têm problema, eles voltam a crescer. Talvez fique um pequeno furo ou uma cicatriz", "vai ficar sexy"; e ele diz isso todos os dias. Ele olha o curativo todos os dias e fala exatamente a mesma coisa, que vai ficar uma cicatriz, que isso não tem problema, que mais tarde vai ficar parecendo que estive na guerra. "Como se você tivesse estado na guerra, jovem, as mulheres gostam", diz ele, e isso deve ter um significado profundo, mas não entendo a profundidade, e ele dá uma piscadinha para mim e eu pisco de volta, embora não compreenda. Afinal, o homem me ajudou e por isso também o ajudo.

Mais tarde nossas conversas melhoram, principalmente porque se tornam mais sérias. Ou seja, na verdade é só uma conversa. Quando consigo mancar de novo, ele me chama até sua sala, na qual excepcionalmente há uma escrivaninha e nenhum aparelho médico, e ficamos sentados frente a frente como empresários que estão conchavando o próximo negócio. Sobre a mesa há a parte superior de um corpo humano de plástico, do qual é possível retirar os órgãos. O intestino grosso se parece com um cérebro, e a tinta do estômago está descascando.

"Preciso conversar com você", diz o médico, e esse é, claro, o início de conversa mais idiota que conheço. E então espero ele começar a falar, mas infelizmente a característica desse início é dizer "preciso conversar com você" e depois não falar mais nada. Ou seja, o médico me encara, depois baixa o olhar e abre uma pasta de cartolina verde. Na verdade, não a abre como um livro, mas como imagino que ele abra a barriga de um paciente. Com muita atenção, tudo muito complicado, muito sério. O homem é cirurgião. Parabéns.

O que vem depois é menos interessante. No fundo, ele apenas quer saber como machuquei minha cabeça, na frente à direita. E também como aconteceram os outros machucados — da estrada, o.k., disso ele já sabia —, mas o machucado na cabeça, caí da cadeira, no posto da polícia rodoviária.

O médico junta as mãos pelas pontas dos dedos. Sim, era isso que estava escrito no boletim de ocorrência: caiu da cadeira. No posto policial.

Ele assentiu. Sim.

Eu também assenti.

"Estamos a sós", ele diz depois de um tempo.

"Sei disso", digo como o último dos idiotas, e pisco primeiro para o médico e depois, para ter certeza, mais uma vez para a parte superior do corpo de plástico.

"Aqui você pode falar a respeito de tudo. Sou seu médico e, nesse caso, isso quer dizer que tenho a obrigação de manter sigilo."

"Sim, tudo bem", digo. Ele já tinha insinuado algo parecido havia alguns dias, agora entendi. O homem tem a obrigação de manter sigilo, e agora espera que eu lhe conte algo que ele possa guardar para si. Mas o quê? Como é superbacana mijar nas calças de medo?

"Não se trata apenas de como aconteceu. Isso é uma violação do dever de cuidar de você. Eles não poderiam ter se fiado nas suas informações, entende? Eles tinham de ter checado e, principalmente, ter chamado um médico na hora. Você sabe o quanto isso foi crítico? E você diz que *caiu* da cadeira?"

"Sim."

"Sinto muito, mas nós, médicos, somos desconfiados. Quero dizer, eles queriam algo de você. E, como seu médico responsável..."

Sim. Sim. Céus. Obrigação de manter sigilo. Já entendi. Mas o que ele quer saber agora? Como a gente cai da cadeira? Despenca de lado e, depois, plaft? No começo, ele balança a cabeça durante um tempão, daí faz movimentos mínimos com a mão – e só nessa hora percebo qual a sua intenção. Meu Deus, o tico e o teco não estavam funcionando. Sempre essa merda de constrangimento. Por que ele não diz logo?

"Não, não!", falo e abano as mãos pelo ar, como se estivesse espantando moscas gigantescas. "Tudo certinho! Eu estava sentado na cadeira, arregaçando a perna da calça. Daí vi aquilo, fiquei tonto e pumba. Nada de *intervenção de terceiros*." Boa formulação. Conheço dos seriados de tevê.

"Você tem certeza?"

"Tenho, sim. E os policiais, supersimpáticos. Me ofereceram até água e um lenço. Só que fiquei tonto e caí de lado." Eu me ergo diante da escrivaninha e, com grande talento dramático, tombo por duas vezes um pouco o corpo para a direita.

"Bom", diz o médico, devagar.

Ele rabisca algo num papel.

"Só queria saber. Apesar disso, irresponsável. Perda de sangue... não se teria... também não se parece..."

Ele fecha a pasta verde e me encara durante um tempão. "E não sei, talvez nem seja da minha conta, mas eu fiquei interessado. Você não precisa responder se não quiser. Mas... o que vocês queriam por lá? Ou queriam ir para onde?"

"Não faço ideia."

"Como eu disse, você não precisa responder. Só estou curioso."

"Eu diria sem problemas ao senhor. Mas se eu lhe disser, o senhor não vai acreditar. Acho."

"Eu acredito em tudo o que você diz." Ele sorri de um jeito simpático. Companheiro.

"É ridículo."

"O que é ridículo?"

"É... tudo bem. Nós queríamos ir para a Valáquia. Não disse, o senhor está achando ridículo."

"Não estou achando ridículo, apenas não entendi. Para onde?"

"Valáquia."

"E onde fica isso?" Ele me olha com interesse, e sinto que estou ficando vermelho. Não vamos aprofundar o assunto. No final, nos damos as mãos como gente adulta, e estou aliviado por não ter tido de exigir demais de sua obrigação de manter sigilo.

5

Nunca tive um apelido. Quero dizer, na escola. Mas nem em nenhum outro lugar. Meu nome é Maik Klingenberg. Maik. Nada de Maiki, Klinge nem toda outra palhaçada, somente Maik. Exceto no sétimo ano, quando me chamaram de Psico por um tempinho. Não é o máximo se chamar Psico. Mas isso também não durou muito e eu voltei a ser Maik.

Podem existir dois motivos para não se ter apelidos. Ou se é um tédio completo, e por isso ninguém dá um apelido pra gente, ou não se tem amigos. Se eu tivesse de me decidir por uma das duas opções, então, sinceramente, preferiria não ter amigos do que ser um tédio. Porque quando se é um tédio, automaticamente não temos amigos, ou apenas amigos que são mais entediantes que nós mesmos.

Mas ainda existe uma terceira possibilidade. O cara pode ser um tédio completo *e* não ter amigos. E temo que esse seja o meu problema. Pelo menos desde que Paul se mudou. Paul era meu amigo desde o jardim de infância, e nós nos encontrávamos quase todos os dias, até que sua mãe maluquinha da silva decidiu que preferia viver no campo.

Isso foi mais ou menos na época em que entrei no Ginásio Hagecius, o que não facilitou as coisas. Depois disso, quase não vi mais Paul. Para chegar lá, tinha de dar quase meia-volta ao mundo com o trem e andar mais seis quilômetros de bicicleta. Além disso, Paul ficou diferente lá longe. Seus pais se separaram e ele pirou. Quero dizer, pirou de verdade. Agora, Paul mora praticamente dentro do mato com a mãe e se atolou. Ele sempre teve essa tendência de se atolar. A gente tinha de ficar empurrando ele o tempo todo. Mas lá longe ninguém mais empurrou e ele acabou se atolando de vez. Se me lembro bem, eu o visitei três vezes, no máximo. E em todas elas foi tão deprimente que eu não quis voltar nunca mais. Paul me mostrou a casa, o jardim, o mato e uma plataforma na árvore, na qual ele ficava empoleirado o tempo todo para observar os animais. Só que lá, claro, não havia animais. Um pardal passava voando a cada duas horas. E ele ainda registrava a movimentação. E isso foi no começo do ano, quando foi lançado o GTA IV, mas Paul já não dava mais a mínima. Só queria saber dos bichos. Tive de ficar sentado um dia inteiro nessa plataforma com ele, mas me enchi. Um dia, folheei secretamente seu caderno para ver o que mais tinha escrito lá, porque havia muito mais coisa. Havia coisas sobre a mãe dele e coisas escritas em código, e havia desenhos de mulheres peladas, desenhos bem horríveis. Ora, nada contra mulheres peladas, mulheres peladas são bárbaras. Mas esses desenhos não eram bárbaros, eram apenas o fim da picada, e no meio uma porção de relatórios sobre observação de animais e sobre o tempo numa caligrafia caprichada. No final, Paul tinha visto porcos selvagens e linces e lobos, raposas com pontos de interrogação, e eu disse: "Estamos nos arredores de Berlim — *linces* e *lobos*, você jura?". E ele arrancou o caderno da minha mão e me olhou como se o maluco fosse *eu*. Depois disso, não nos encontramos mais com tanta frequência. Isso foi há três anos. Esse era o meu melhor amigo no passado.

Quando entrei no Ginásio, não conhecia ninguém. Não sou incrivelmente bom em conhecer alguéns. E isso nunca foi um grande problema para mim. Até que Tatjana Cosic chegou. Ou até que eu a percebi. Pois é claro que a Tatjana sempre esteve na minha classe. Mas eu só a percebi no sétimo ano. Por quê, não sei. Mas no oitavo ano, de repente, ela ocupava toda minha mente, foi lá o início de toda a tragédia. E talvez eu devesse agora começar aos poucos a descrever Tatjana. Porque senão tudo aquilo que virá depois não vai fazer sentido.

Tatjana se chama Tatjana e seu sobrenome é Cosic. Ela tem catorze anos e mede um metro e sessenta e cinco, e o sobrenome dos pais também é Cosic. Não sei como eles se chamam. Eles são da Sérvia ou da Croácia, pelo menos o sobrenome é de lá, e moram numa casa alugada cheia de janelas — blá-blá-blá, blá-blá-blá. Já está claro: posso continuar enrolando um monte aqui, mas o surpreendente é que não sei nada sobre o que estou falando. É que eu não conheço a Tatjana. Dela, sei apenas o que todos os seus colegas de classe sabem. Sei qual sua aparência, como ela se chama e que ela vai bem em educação física e em inglês. E assim por diante. Soube que ela tem um metro e sessenta e cinco no dia do exame médico da escola. Seu endereço eu tirei do catálogo telefônico, e não sei praticamente mais nada. E é claro que eu poderia descrever sua aparência de maneira muito detalhada, sua voz, seus cabelos e o resto. Mas acho que é desnecessário. Porque todo mundo pode imaginar como ela é: é linda. Sua voz também é linda. Ela é simplesmente linda no geral. Dá para imaginá-la assim.

6

E até agora ainda não expliquei por que eles me chamaram de Psico. Pois, como eu disse, meu nome foi Psico por um tempinho. Não sei o motivo. Bem, está claro: devia significar que eu não batia bem. Mas, na minha opinião, muitos outros poderiam receber esse nome antes de mim. Frank poderia se chamar assim, ou Stöbcke com seu isqueiro; em todo caso, eles são mais lesados do que eu. Ou Nazi. Mas o Nazi já se chama Nazi, não precisa de outro nome. E claro que havia um motivo para justo eu ser chamado assim. Esse motivo foi uma redação na aula do Schürmann, sétimo ano. Tema: história com palavras-chave. Caso alguém não saiba o que seja isso, história com palavras-chave funciona desta forma: recebemos quatro palavras, por exemplo "zoológico", "macaco", "guarda" e "quepe", e então é preciso escrever uma história na qual apareçam um zoológico, um macaco, um guarda e um quepe. Muuuito original. A mais pura bobagem. As palavras que Schürmann tinha escolhido eram "férias", "água", "salvamento" e "Deus". O que já torna tudo bem mais difícil do que com o zoológico e o macaco, e a dificuldade principal era, evidentemente, Deus. Só tínhamos aula de ética, e na classe havia seis ateus, eu inclusive, e aqueles que eram protestantes não acreditavam realmente em Deus. Acho. Pelo menos não do jeito que as pessoas que *realmente* acreditam em Deus, que não conseguem fazer mal a uma formiga ou que ficam superfelizes quando alguém morre, porque daí o finado vai para o céu. Ou aquelas que trombam um avião contra o World Trade Center. *Essas* realmente acreditam em Deus. Por isso, a redação foi bastante difícil. A maioria se concentrou primeiro na palavra férias. Uma pequena família está remando na Côte d'Azur e ela é pega, de maneira totalmente inesperada, por uma tempestade e todos gritam "Oh, Deus" e são salvos etc. Claro que eu também poderia ter escrito algo desse tipo. Mas quando eu estava pensando sobre a redação, a primeira coisa que me ocorreu foi que havia três anos que não tirávamos férias porque meu pai estava o tempo todo ocupado em preparar sua falência. O que nunca me incomodou, porque eu não estava tão a fim de viajar novamente de férias com meus pais.

Em vez disso, passei o último verão metido em nosso porão, entalhando bumerangues. Um professor meu, do primário, tinha me ensinado. Era o maior especialista em bumerangues. Ele se chamava Bretfeld, Wilhelm Bretfeld, e tinha escrito um livro sobre o assunto. Dois livros até. Mas eu só soube disso depois de ter saído do primário. Reencontrei o velho Bretfeld num campinho. Ele estava praticamente atrás da nossa casa, no pasto das vacas, jogando os seus bumerangues entalhados à mão — essa era outra das coisas que eu não sabia que funcionavam. Eu achava que a história de os bumerangues voltarem para a gente só dava certo no cinema. Mas Bretfeld era um verdadeiro profissional, e ele me ensinou. Achei tudo muito impressionante. Também que ele mesmo tivesse entalhado e pintado os seus bumerangues. "Tudo o que é redondo na frente e pontudo atrás voa", Bretfeld me falou. Em seguida, olhou para mim por cima dos óculos e perguntou: "Como é seu nome mesmo? Não me lembro mais de você". Porém o que mais me deixou passado foi o bumerangue de longas distâncias. Era um bumerangue que ele próprio desenvolvera e que podia voar durante minutos — ele tinha inventado a coisa. Hoje em dia, em todo canto do mundo, quando alguém joga um bumerangue de longa distância e ele fica cinco minutos no ar, é tirada uma foto e vem a legenda: baseado no *design* de Wilhelm Bretfeld. Ou seja, esse Bretfeld é praticamente conhecido no mundo todo. E no último verão ele ficou no pasto das vacas atrás da nossa casa me mostrando tudo isso. Realmente um bom professor. Eu não tinha percebido isso no primário.

De qualquer maneira, passei todo o verão metido no porão, entalhando. E foram ótimas férias de verão, muito melhores do que uma viagem. Meus pais quase nunca estavam em casa. Meu pai ia de credor em credor e minha mãe estava num spa de beleza. E eu acabei escrevendo a redação sobre isso: *Mamãe e o spa*. História baseada em palavras-chave por Maik Klingenberg.

Pude ler o texto em voz alta na aula seguinte. Ou tive de ler. Afinal, não queria. Svenja foi a primeira, e ela escreveu aquela bobagem da Côte d'Azur, que Schürmann achou o máximo, e em seguida Kevin leu novamente a mesma coisa, só que agora a Côte d'Azur era o Mar do Norte, e depois foi a minha vez. Mamãe e o spa. Que não era um spa de verdade. Embora a aparência de mamãe sempre melhorasse um pouco ao voltar de lá. Mas, na verdade, trata-se de uma clínica. É que ela é alcoólatra. Ela bebe álcool desde que me entendo por gente. A diferença é que, no passado, era mais engraçado. Normalmente, todo mundo fica engraçado com o álcool, mas quando determinado limite é ultrapassado, as pessoas ficam cansativas ou agressivas. E no momento em que minha mãe voltou a andar pela casa com uma faca de cozinha na mão, eu e papai estávamos no alto da escada e ele perguntou: "Que tal voltar ao spa?". E assim começaram as férias do sétimo ano.

Gosto da minha mãe. Preciso acrescentar isso, porque o que vem agora talvez não lance uma luz superfavorável sobre ela. Mas sempre gostei dela e ainda gosto. Ela não é como as outras mães. Era isso o que sempre achei mais legal. Por exemplo, ela consegue ser muito hilária, algo que não se pode afirmar da maioria das mães. E chamar aquilo de spa era apenas mais uma piada dela.

No passado, minha mãe jogou bastante tênis. Meu pai também, mas não tão bem. O craque de verdade da família era minha mãe. Quando ela ainda estava em forma, vencia todos os anos o campeonato do clube. E ela chegou a vencer até com uma garrafa de vodca na veia, mas isso é outra história. De todo modo, desde criança eu ficava na quadra com ela. Minha mãe se sentava no terraço do clube e bebia coquetéis com a sra. Weber, a sra. Osterthun, o sr. Schuback e todo o resto. Eu ficava sentado debaixo da mesa brincando com carrinhos, e o sol brilhava. Na minha lembrança, o sol sempre brilha no clube de tênis. Eu olho o pó vermelho sobre cinco pares de tênis, vejo a roupa íntima debaixo das minúsculas saias de tênis e junto as rolhas que caem lá de cima e nas quais dá para pintar com canetinha. Posso tomar cinco sorvetes e dez Cocas por dia e assinar tudo com o garçom. E então a sra. Weber fala lá do alto: "Na próxima semana novamente às sete, senhora Klingenberg?".

E minha mãe: "Certo".

E a sra. Weber: "Dessa vez eu trago as bolinhas".

E minha mãe: "Certo".

E assim por diante. Sempre a mesmíssima conversa. E a graça era a sra. Weber nunca trazer as bolinhas, já que era sovina demais para isso.

De vez em quando havia outro papo. Era assim:

"Na próxima semana novamente no sábado, senhora Klingenberg?"

"Não posso, vou viajar."

"Mas seu marido não vai participar do campeonato de tênis?"

"Sim, ele não vai viajar. Eu é que vou."

"Ah, e para onde a senhora vai?"

"Para o spa."

E daí sempre, sempre, sempre — tanto fazia quem estivesse à mesa e que ainda não conhecia a história —, vinha a observação estupidamente aguçada: "Mas a senhora não precisa de nada disso, senhora Klingenberg!".

E minha mãe entornava seu *brandy* Alexander e dizia: "Foi uma piada, senhor Schuback. É uma clínica de desintoxicação".

Depois, saíamos de mãos dadas da quadra de tênis para casa, porque minha mãe não conseguia mais dirigir o carro. Eu carregava sua pesada bolsa com o material esportivo, e ela falava para mim: "Não dá para você aprender muito com sua mãe. Mas uma coisa, sim. Em primeiro lugar, é possível falar sobre qualquer coisa. Em segundo, à merda com o que as pessoas pensam". Isso na hora fez sentido para mim. Falar sobre qualquer coisa. E à merda com as pessoas.

As dúvidas vieram apenas depois. No começo, não eram dúvidas. Mas dúvida sobre se minha mãe realmente mandava tudo à merda.

De qualquer maneira... esse spa. Não sei exatamente o que se passava por lá. Porque nunca pude visitar minha mãe, ela não queria. Porém ela sempre contava coisas doidas quando voltava. Parece que a terapia era, basicamente, nada de álcool e muita conversa. E caminhar na água. Às vezes, fazer ginástica. Mas muitos não conseguiam mais fazer ginástica. Em geral, eles ficavam apenas conversando e, em círculo, atiravam um novelo de lã uns aos outros. Porque somente quem estava com o novelo na mão podia falar. Tive de perguntar cinco vezes se eu tinha entendido bem ou se a história do novelo era uma piada. Porém não era piada. Minha mãe também não achava isso muito divertido nem animado, mas eu, para dizer a verdade, achei bastante animado. A gente precisa imaginar a cena: dez adultos estão sentados em círculo, atirando um novelo de lã. Depois, a sala ficava cheia de lã, mas esse não era o objetivo da coisa, mesmo se no começo fosse possível achar que sim. O sentido era criar uma *rede de conversa.* E a partir daí já dá para reconhecer que minha mãe não era a mais maluca dessa instituição. Devia haver malucos muito piores.

E se agora alguém estiver achando que não dá para superar o novelo de lã é porque ainda não ouviu falar da caixa de papelão. Todos na clínica tinham uma caixa de papelão no quarto. Ela ficava logo abaixo do teto, com a abertura para cima, e era preciso jogar bilhetes dentro dela o tempo todo, como numa cesta de basquete. Nesses bilhetes estavam anotados os desejos, as vontades, as intenções, as orações ou o que quer que fosse. Sempre que minha mãe tinha um desejo ou formulava uma intenção, ou quando se repreendia, ela escrevia um bilhete, que depois era dobrado. Em seguida, ela quase se transformava no Dirk Nowitzki: enterrada. E o mais doido é que *nunca* ninguém lia esses bilhetes. Não era esse o objetivo da coisa. O objetivo era anotar o pensamento e eles estarem ali, à vista: meus desejos, minhas vontades e o besteirol todo estão naquela caixa de papelão lá em cima. E como essas caixas tinham muita importância, era preciso batizá-las. O nome era escrito com caneta hidrográfica no papelão, e quase todo biriteiro tinha uma caixa pendurada no seu quarto chamada "Deus" e que continha seus desejos. Porque a maioria tinha chamado suas caixas de "Deus". Essa tinha sido a sugestão do terapeuta, a de que era possível chamá-la de Deus. Mas era possível dar qualquer nome. Uma mulher mais velha chamou-a de "Osíris" e outro alguém de "Grande Espírito".

A caixa de papelão da minha mãe se chamava "Karl Heinz"; por causa disso, o terapeuta virou-a pelo avesso. Primeiro ele queria saber se era o pai dela. "Quem?", minha mãe perguntou, e o terapeuta apontou para a caixa. Minha mãe balançou a cabeça. Em seguida, o terapeuta perguntou quem era esse Karl Heinz, e minha mãe disse: "Essa caixa de papelão aí". E então o terapeuta quis saber qual era o nome do pai da minha mãe. "Deusdedith", minha mãe respondeu, e o terapeuta disse "Ah!", e esse "Ah" parece que soou como se o terapeuta agora tivesse entendido tudo. Desdedith — ah! Mas minha mãe não sabia o que o terapeuta tinha entendido, e ele também não contou para ela. E foi sempre assim. Todos faziam cara de que sabiam das coisas, mas nunca revelavam para ninguém.

Quando meu pai ouviu a história da caixa, ele quase caiu da cadeira de tanto rir. Ele não parava de dizer: "Meu Deus, isso é triste", e daí ria, e eu também não parava de rir, e minha mãe achava engraçado de qualquer jeito, pelo menos depois de ter acontecido.

E eu coloquei tudo isso na minha redação. E para usar a palavra "salvamento", usei ainda o episódio com a faca de cozinha, e como eu já estava embalado, descrevi também o jeito como ela desceu a escada e como me confundiu com meu pai. Essa foi a redação mais longa que eu já tinha feito, pelo menos oito páginas, e provavelmente poderia escrever a parte dois, a parte três e a parte quatro se eu quisesse, mas deu para perceber que a parte um foi mais que suficiente.

A classe gostou tanto que pirou na hora da leitura. Schürmann pediu silêncio e disse: "Então está bem. Está bem. Falta quanto ainda? Ah, tudo isso? Por ora é o suficiente, acho". Nem precisei ler o resto. No intervalo, Schürmann pediu que eu ficasse, para olhar o caderno sozinho, e eu fiquei parado orgulhosíssimo ao seu lado, porque tinha sido um sucesso tão legal e porque agora Schürmann queria ler a redação até o fim. Maik Klingenberg, o escritor. Em seguida, Schürmann fechou o caderno, olhou para mim e balançou a cabeça, e eu pensei: essa balançada de cabeça é de reconhecimento, mais ou menos assim: Como será que um aluno do sétimo ano consegue escrever redações tão sensacionais assim? Mas ele disse: "Por que você está com esse sorriso de bobo? Acha isso divertido?". E aos poucos fui percebendo que o sucesso não era tão grande assim. Pelo menos, não com Schürmann.

Ele se levantou da mesa, foi até a janela e olhou para o pátio do recreio. "Maik", ele disse, antes de se virar novamente para mim, "trata-se da sua *mãe*. Você já pensou sobre isso?"

Tudo indicava que eu tinha cometido um erro enorme. Embora eu não soubesse qual. Mas era óbvio que, para Schürmann, eu tinha cometido um erro monumental com essa história. E que ele a considerava a redação mais constrangedora da história mundial também estava meio evidente. Mas eu só não sabia o porquê, ele não me contou e, sinceramente, até hoje não sei o motivo. Ele apenas ficou repetindo que se tratava da minha mãe, e eu lhe disse que sabia que minha mãe era minha mãe, e de repente ele elevou a voz e falou que essa redação era a mais nojenta, repulsiva e vergonhosa que ele já tinha visto em seus quinze anos de escola, e que eu devia arrancar imediatamente essas dez folhas do meu caderno. Fiquei completamente arrasado e, claro, fui logo pegar meu caderno como o mais imbecil dos imbecis para arrancar as folhas, porém Schürmann agarrou minha mão e gritou: "Não é para você arrancar as folhas *de verdade*. Será que você não entende nada? Você tem de *refletir*. Reflita!". Fiquei refletindo durante um minuto e, sinceramente, não entendi. Não entendi até hoje. Afinal, não inventei nada ou algo parecido.

7

E, depois disso, passei a ser Psico. Durante quase um ano, todos me chamavam assim. Até durante a aula. Até quando os professores estavam presentes. "Vamos, Psico, passe logo a bola! Vai que você consegue, Psico! Deixe a bola bem rasante!" E isso só parou quando André entrou na nossa classe. André Langin. André, o bonitão.

André tinha repetido de ano. Já no primeiro dia ele arrumou uma namorada na classe, e a cada semana era outra. Agora ele está com uma turca da classe ao lado, que se parece com a Salma Hayek. Ele também deu uns amassos na Tatjana, nessa hora eu realmente senti algo esquisito. Durante alguns dias os dois conversaram o tempo todo, nos corredores, diante da escola, na praça. Mas no final eles não ficaram juntos, acho. Isso teria me matado. Porque em algum momento eles pararam de conversar entre si e logo em seguida ouvi André explicar para Patrick por que homens e mulheres não combinavam, teorias absurdamente científicas sobre a Idade da Pedra, sobre tigres-dentes-de-sabre e ter filhos etc. etc. Fiquei com raiva dele também por causa disso. Fiquei com uma raiva imensa dele desde o começo, mas não foi muito fácil para mim. Porque André não é exatamente o sujeito mais iluminado do mundo, mas também não é completamente oco. Ele consegue ser bem simpático e é descontraído e, como eu disse, bem bonito. Mas, apesar dos pesares, é um bundão. Se isso não bastasse, ele mora a apenas uma rua de distância de nós, na Waldstraße 15. Onde, aliás, só moram bundões. A casa dos Langin é imensa. Seu pai é político, vereador ou coisa parecida. Claro. E meu pai diz: Grande homem, esse Langin! Porque ele também entrou para o Partido Liberal. Nessa hora, tenho vontade de pôr as tripas para fora. Sinto muito.

Mas eu queria contar outra coisa. Num dos primeiros dias do André, fomos caminhar em algum lugar ao sul de Berlim. O habitual passeio pela floresta. Eu estava a uma grande distância atrás de todo mundo e observava a natureza. Porque nessa época tínhamos montado um herbário e, durante um tempo, me interessei pela natureza. Por *árvores*. Eu queria ser cientista ou coisa parecida. Mas não durou muito, e isso provavelmente deve estar relacionado com a excursão, quando eu caminhava a vários metros de distância dos outros para olhar com toda a calma o estado das folhas e a forma delas. Nessa hora percebi que não dou a mínima para o estado das folhas e sua forma. Lá na frente o pessoal estava rindo, e eu conseguia distinguir o riso da Tatjana Cosic; duzentos metros mais para trás, Maik Klingenberg está arrastando os pés pela floresta, observando a merda do estado das folhas na natureza. Que nem era uma natureza autêntica, mas umas plantas mirradas, com uma placa de advertência fincada a cada dez metros. Inferno.

Acabamos parando diante de uma faia branca de trezentos anos de idade, que algum Frederico, o Grande, plantou na terra, e o professor perguntou quem sabia que tipo de árvore era aquela. E ninguém sabia. Exceto eu, claro. Mas eu também não era tão sem noção a ponto de revelar diante de todo mundo que sabia que se tratava de uma faia branca. Se fosse esse o caso, eu podia dizer de cara: Meu nome é Psico e sou perturbado. Mas o fato de estarmos todos em volta dessa árvore que ninguém reconhecia também era deprimente. E, agora, aos poucos estou chegando no ponto. Frederico, o Grande, também tinha disposto alguns bancos debaixo dessa faia branca, para que as pessoas pudessem se sentar e fazer um piquenique, e foi exatamente isso o que fizemos. Por acaso me sentei à mesa de Tatjana Cosic. Na minha frente, em diagonal, André — André, o bonitão —, ambos os braços envolvendo, à direita e à esquerda, os ombros de Laura e Marie. Como se ele fosse um amigão, embora não tivesse nenhuma amizade com elas. Ele estava na nossa classe no máximo havia uma semana. Mas as duas não tinham nada contra. Em vez disso, pareciam petrificadas de felicidade e não se mexiam nem um milímetro; pareciam ter medo de enxotar os braços de André como se fossem pássaros arredios. E André ficou o tempo todo sem dizer nada, e seu olhar de quem acabou de acordar ficava apenas observando a região no melhor estilo de quem acabou de acordar; depois de refletir durante um bom tempo, ele falou em qualquer direção, mas com certeza não na minha: "Por que o cara se chama Psico? Afinal, ele é um babaca". Laura e Marie quase se dobraram de tanto rir com essa piada estupenda, e porque ela fez um sucesso tão grande, André logo repetiu sua frase mais uma vez: "É, sério, por que esse sonífero se chama Psico?". E, desde então, voltei a me chamar Maik. E isso é pior do que antes.

8

Tem uma porção de coisas que eu não sei. Mas se sei fazer algo, é salto em altura. Quer dizer, não sou uma joia olímpica ou coisa parecida, mas no salto em altura e no salto em distância sou quase imbatível. Embora seja um dos menores, chego tão alto quanto Olaf, que tem um metro e noventa. No começo do ano, estabeleci um recorde escolar para o Ensino Fundamental II e fiquei incrivelmente orgulhoso. Estávamos no local dos saltos em altura, e as meninas ficaram sentadas ao lado, na grama, onde a sra. Beilcke lhes fazia uma preleção. A aula de educação física delas é assim: a sra. Beilcke faz uma preleção, as meninas ficam sentadas em volta, coçando os tornozelos. Elas também não ficam o tempo todo correndo ao redor da quadra, como na aula do Wolkow.

Wolkow é nosso professor de educação física, e claro que ele também gosta de fazer preleções. Todos os professores de educação física que conheci até agora desembucham uma quantidade incrível de texto. No caso de Wolkow, na segunda sempre é sobre a Bundesliga, na terça em geral ainda é sobre a Bundesliga, na quarta é sobre a Champions League, e na sexta está de volta a ansiedade pela Bundesliga e sua análise. No verão, Wolkow às vezes expõe sua opinião sobre a Tour de France, mas depois de passar sobre o tema do *doping* ele sempre volta para outro tema muito mais importante, porque no futebol, felizmente, não há *doping*. Porque, no futebol, isso *não adianta nada*. Essa é a opinião sincera de Wolkow. E nunca ninguém se interessou pelo assunto, mas o problema é que Wolkow só fala enquanto estamos correndo ao redor da quadra. O condicionamento físico dele é sensacional, ele com certeza já fez setenta ou está perto, mas está sempre trotando na frente, cheio de gás, sem parar de falar. E ele sempre diz: "Homens!". Em seguida, fica dez metros calado e depois: "Dortmund". Dez metros: "Não vai dar pé". Dez metros: "Os pontos ganhos em casa. Estou certo ou tenho razão?". Vinte metros: "E Van Gaal, a raposa esperta! Não vai ser fácil". Tam-tam-tam-tammm. "O que vocês acham?" Cem metros. E claro que ninguém diz nada porque já corremos vinte quilômetros, e somente Hans, o nazi, o perna de pau que fica correndo ofegante lá trás, às vezes grita: "Ha-ho-he! Hertha BSC!". E aí até Wolkow acha que está passando dos limites, a Rádio Wolkow, e ele muda o percurso para que Hans consiga se juntar novamente, e depois ergue o indicador e grita com a voz trêmula: "Simunic! Joe Simunic. Erro fatal", e Hans retruca de trás: "Eu sei, eu sei!", e Wolkow volta a apressar o passo e murmura: "Simunic, meu Deus! Zagueiraço. Nunca devia ser vendido. Rebaixamento. Simunic".

E apenas por isso dá para a gente ficar incrivelmente feliz pelo salto em altura. Mas talvez só tenhamos feito salto em altura nesse dia porque o Wolkow estava com uma inflamação brava na garganta e, portanto, não conseguia correr e matraquear ao mesmo tempo, somente correr. Quando Wolkow está com uma inflamação mediana na garganta, ele matraqueia um pouco menos. Quando Wolkow morre, não há aula. Mas quando ele está com uma inflamação brava na garganta, ele simplesmente corre em silêncio pela quadra.

No salto em altura, ele passou o tempo todo anotando nosso desempenho no seu caderninho preto de anotações, comparando com os dados do ano passado e grasnando que no ano passado tínhamos conseguido pular cinco centímetros a mais. As meninas estavam sentadas ao lado da área do salto em altura, como eu já disse, escutando a sra. Beilcke. Na verdade, elas não estavam prestando atenção, mas estavam nos assistindo.

Tatjana e sua melhor amiga Natalie estavam agachadas bem longe. Agachadas e fofocando. E eu estava absolutamente impaciente, pois queria me aproximar delas antes que a sra. Beilcke terminasse o seu sermão. Para melhorar, Wolkow resolveu fazer uma competição: um metro e vinte de altura, quem não passasse estava fora. Somente Heckel não conseguiu o um e vinte. Heckel tem um barrigão, desde o sexto ano, e pernas finas como palitos de fósforo. Não é uma grande surpresa ele não conseguir dar um impulso de nem um centímetro. Na verdade, ele não é bom em nenhuma matéria, mas em educação física é especialmente sofrível. Ele também é disléxico, e isso quer dizer que sua ortografia não conta nas aulas. Ele pode fazer quantos erros quiser. Só o conteúdo e o estilo contam porque é uma doença e ele não pode fazer nada a respeito. Mas nessa hora me pergunto o que é que ele pode fazer por suas pernas de palito de fósforo. Seu pai é motorista de ônibus e é igualzinho: um barril sobre duas varas. A bem da verdade, Heckel também é disléxico no salto em altura, e os centímetros não deveriam contar, apenas seu estilo. Mas essa não é uma variante reconhecida da doença, por isso ele leva E em educação física, e todas as meninas ficam dando risadinhas quando o saco de banha se defende do sarrafo com as duas mãos esticadas e acaba caindo de boca, guinchando. Por um lado, sinto pena do cara. Por outro, preciso confessar que é realmente engraçado. Pois mesmo se a altura não contasse no caso do Heckel, seu estilo continuaria sendo E menos.

Em um e quarenta, há menos gente em ação. Em um e cinquenta, continuavam apenas Kevin e Patrick; com muito esforço, André; e, claro, eu. Olaf estava doente. Quando André conseguiu passar raspando pelo sarrafo, as meninas festejaram, e a sra. Beilcke olhou de um jeito bravo. Em um e cinquenta e cinco, Natalie gritou: "Vai que você consegue, André!". Um incentivo extremamente ridículo, pois é evidente que ele não conseguiu. Ao contrário, ele voou debaixo do sarrafo, como acontece com frequência no salto em altura quando a gente resolve arriscar demais. Acabou espatifado na mureta e tentou se salvar com uma piada, fazendo de conta que, frustrado, iria jogar o sarrafo como se fosse uma lança. Mas a piada era velha. Ninguém riu. O próximo a ser incentivado foi Kevin. O gênio da matemática Kevin. Mas ele também não superou o um e sessenta. E daí fiquei só. Wolkow pediu para colocar em um e sessenta e cinco, e notei que era o meu dia já na hora do impulso. Era o dia de Maik Klingenberg. Senti essa sensação de triunfo ao começar o salto. Eu não saltei, planei sobre a quadra como um avião, eu estava no ar, flutuava. Maik Klingenberg, o grande nome do atletismo. Acho que se eu tivesse me dado um apelido algum dia, então teria sido Aeroflot ou algo parecido. Ou Air Klingenberg. O condor do distrito de Marzahn. Mas infelizmente a gente não pode se autoapelidar. Quando minhas costas bateram no colchão macio, escutei o lado dos meninos aplaudindo de maneira contida. Do lado das meninas não escutei nada. Quando o colchão me impulsionou para cima de novo, meu primeiro olhar foi para Tatjana, e ela estava olhando para a sra. Beilcke. A Natalie também estava olhando para a sra. Beilcke. Essas vacas ridículas não tinham visto meu salto. Nenhuma das meninas tinha visto o meu salto. Elas não estavam *interessadas* no desempenho nos saltos do sonífero psicótico. Aeroflot na bunda.

Isso me deixou mal o dia inteiro, embora eu mesmo não estivesse interessado no assunto. Como se eu me interessasse por um segundo pela merda do salto em altura! Mas se André tivesse passado o um e sessenta e cinco ou se o sarrafo estivesse ao menos posicionado em um e sessenta e cinco para o André, as meninas teriam atravessado correndo a pista de atletismo, sacudindo os pulsos. E, no meu caso, não havia nem uma dando uma olhada. Eu não interessava a ninguém. Se *eu* me interessasse por alguma coisa, seria: por que ninguém olha quando Air Klingenberg voa um recorde escolar e por que elas olham quando um saco de farinha escorrega por baixo do sarrafo? Mas assim é a vida. Era essa a merda da escola e esse era a merda do tema "meninas", e não havia saída. Era o que eu sempre pensava, até conhecer Tchick. Nessa hora, algumas coisas mudaram. E é isso que vou contar agora.

9

Não fui com a cara do Tchick desde o começo. Ninguém ia com a cara dele. Era um sujeito antissocial, e sua aparência era exatamente essa. Depois da Páscoa, Wagenbach *arrastou-o* até a classe, e quando digo arrastou, estou querendo dizer exatamente isso. Primeira aula depois do feriado de Páscoa: história. Todos estavam sentados nas carteiras como se estivessem pregados nelas, pois se existe um engulho autoritário, então é Wagenbach. Embora engulho seja um exagero, pois na verdade Wagenbach até que é legal. A aula dele é legal e pelo menos ele não é burro, como a maioria dos outros, como Wolkow, por exemplo. Na aula do Wagenbach não é preciso fazer esforço para se concentrar. É bom mesmo se concentrar, porque Wagenbach sabe como desmontar as pessoas. Todo mundo tem consciência disso. Mesmo aqueles que nunca tiveram aula com ele. Antes de pisar no Ginásio Hagecius, qualquer aluno de sexto ano sabe: Wagenbach, atenção! E não se escuta nem uma mosca. Com Schürmann, o celular de alguém vai tocar pelo menos umas cinco vezes durante a aula. Uma vez Patrick conseguiu a proeza de trocar o toque do seu aparelho — seis, sete, oito toques consecutivos, até que Schürmann pediu *um pouco mais de silêncio*. E mesmo nessa hora ele não teve coragem de olhar duro para Patrick. Se um celular tocar na aula do Wagenbach, então o sujeito pode estar certo de que não vai sobreviver até o recreio. Há até umas especulações de que no passado Wagenbach carregava um martelo para esmigalhar celulares. Não sei se é verdade.

Bem, Wagenbach entrou como sempre com seu terno barato e a bolsa marrom-cocô debaixo do braço. Atrás dele, vinha se arrastando esse garoto, que parecia estar prestes a entrar em coma ou algo semelhante. Wagenbach jogou sua bolsa sobre a mesa e se virou. Unindo as sobrancelhas, ele esperou até que o menino tivesse rastejado para perto devagar e depois disse: "Temos um novo colega. Seu nome é Andrei...".

Em seguida, o professor olhou para seu bilhete, depois novamente para o garoto. Parecia que o novato é que devia dizer seu sobrenome. Mas ele ficou encarando o corredor do meio com seus dois olhos rasgados e também fez silêncio.

E talvez não seja importante mencionar o que pensei nesse momento, quando vi Tchick pela primeira vez, mas vou acrescentar mesmo assim. É que eu tive uma impressão extremamente ruim sobre o cara que apareceu do lado do Wagenbach. Dois bundões juntos, pensei, embora eu não o conhecesse e não soubesse se era um bundão. Ele era russo, como acabamos descobrindo. Não era alto nem baixo, usava uma camisa branca encardida, sem um botão, jeans barato de um *outlet* barato e sapatos marrons, disformes, que se pareciam com ratos mortos. Além disso, os ossos da sua bochecha eram muito altos e, em vez de olhos, tinha rasgos. Esses rasgos eram a primeira coisa que chamava nossa atenção. Ele se parecia com um mongol e nunca dava para saber para onde estava olhando. Um dos lados da boca estava ligeiramente aberto, como se um cigarro invisível estivesse metido lá. Seus antebraços eram fortes, num deles havia uma grande cicatriz. As pernas relativamente finas, a cabeça angulosa.

Ninguém deu risadinhas. Na verdade, ninguém dava risadinhas com Wagenbach. Mas tive a impressão que até sem Wagenbach ninguém teria dado risadinhas. O russo estava simplesmente ali em pé, e seus olhos mongóis fitavam um lugar qualquer. E ele ignorava Wagenbach por completo. Isso já era um feito e tanto, ignorar Wagenbach. Algo praticamente impossível.

"Andrei", disse Wagenbach, encarou seu bilhete e movimentou os lábios em silêncio. "Andrei Tsch... Tschicha... tschoroff."

O russo murmurou algo.

"O quê?"

"Tschichatschow", disse o russo, sem encarar Wagenbach.

Wagenbach inspirou por uma narina. Era um tique dele. Inspirar por uma narina.

"Perfeito, Tschischaroff. Andrei. Você quer nos contar um pouco a seu respeito? De onde vem, que escola você frequentou até agora?"

Isso era o padrão. Quando um novato chegava na classe, tinha de contar de onde era e por aí vai. E a primeira mudança estava acontecendo com Tchick. Ele virou um pouquinho a cabeça para o lado, como se só agora tivesse percebido Wagenbach. Pigarreou, virou-se novamente para a classe e disse: "Não". Uma agulha caiu no chão em algum lugar.

Wagenbach assentiu, sério, e disse: "Você não quer contar de onde vem?".

"Não", disse Tchick. "Pra mim tantufas."

"Então está bem. Vou falar um pouco sobre você. Afinal, por cortesia, preciso apresentá-lo à classe."

Ele olhou para Tchick. Tchick olhou para a classe.

"Vou interpretar seu silêncio como um consentimento", disse Wagenbach. E ele usou um tom irônico, como todos os professores quando falam coisas desse tipo.

Tchick não respondeu.

"Ou será que você tem algo contra?", perguntou Wagenbach.

"O senhor pode começar", disse Tchick, fazendo um movimento com a mão.

Houve risadinhas em algum lugar do bloco das meninas. *O senhor pode começar!* Incrível. Ele pronunciava cada sílaba individualmente, com um sotaque muito engraçado. E continuava encarando a parede dos fundos. Talvez estivesse até com os olhos fechados. Era difícil de dizer. Wagenbach fez uma cara que exigia silêncio. Mas o silêncio já era absoluto.

"Então", ele disse, "nosso novo colega se chama Andrei Tschicha... schoff, e como não é difícil reconhecer por seu nome, nosso visitante vem de longe, mais exatamente das longínquas amplidões russas, que Napoleão conquistou na última hora antes da Páscoa — e das quais ele, como veremos hoje, também será expulso. Como Carlos XII antes dele. E, depois, Hitler."

Wagenbach voltou a inspirar por uma narina. A introdução não impressionou Tchick. Ele não se mexeu.

"De todo modo, Andrei chegou na Alemanha há quatro anos, com o irmão e — você não prefere contar isso pessoalmente?"

O russo fez um tipo de ruído.

"Andrei, estou falando com você", disse Wagenbach.

"Não", disse Tchick. "Não no sentido de preferir contar pessoalmente."

Risadinhas abafadas. Wagenbach assentiu, contrariado.

"Tudo bem, então conto eu, se você não tem nada contra; é muito incomum."

Tchick balançou a cabeça.

"Não é muito incomum?"

"Não."

"Bem, eu acho incomum", insistiu Wagenbach. "E admirável também. Mas para resumir — vamos diminuir isso aqui. Nosso amigo Andrei vem de uma família de origem alemã, porém sua língua materna é o russo. Ele é um grande frasista, como estamos vendo, mas aprendeu a língua alemã apenas na Alemanha e, por isso, merece nossa consideração em determinadas... bem, em determinadas áreas. Há quatro anos, ele começou numa escola para crianças com atrasos no currículo. Depois, foi transferido para uma escola um pouco mais forte, porque suas notas permitiam isso, mas também não aguentou muito tempo por lá. Em seguida, um ano de escola pré-profissionalizante, e agora ele está conosco, se preparando para a universidade, e tudo isso em apenas quatro anos. Está certo até aqui?"

Tchick coçou o nariz com as costas da mão, para depois dar uma checada nela. "Noventa por cento", ele disse.

Wagenbach esperou um pouco para ver se havia mais coisa. Mas não veio mais nada. Os dez por cento restantes ficaram sem explicação.

"Tudo bem", disse Wagenbach, surpreendentemente amável. "E agora é claro que estamos todos na expectativa do que vem a seguir... Infelizmente você não pode ficar eternamente aqui na frente, apesar de ser muito bom conversar com você. Por isso, sugiro que se sente lá trás, na carteira vaga, também porque essa é a única carteira que está vaga. Não é?"

Tchick se arrastou feito um robô pelo corredor do meio. Todos ficaram olhando ele passar. Tatjana e Natalie juntaram as cabeças.

"Napoleão!", disse Wagenbach, fazendo uma pausa cenográfica para tirar um pacote de lenços de papel da bolsa e assoar tudo o que tinha direito.

Nesse meio-tempo, Tchick tinha chegado ao fundo, e do corredor onde ele tinha passado veio um cheiro que quase me derrubou. Um bafo de álcool. Eu estava a três carteiras do corredor e podia fazer um inventário de tudo o que ele tinha bebido nas últimas vinte e quatro horas. Era assim que minha mãe cheirava quando estava nos seus dias ruins, e talvez fosse esse o motivo para ele não ter encarado Wagenbach e não ter aberto a boca, por causa do bafo. Mas Wagenbach estava resfriado. Ele não sentia cheiro nenhum mesmo.

Tchick sentou-se na última carteira livre, bem no fundo. No começo do ano, Kallenbach, o imbecil da classe, tinha se sentado nesse lugar. Mas como era sabido que Kallenbach não parava de perturbar, no mesmo dia a sra. Pechstein o tirou dali e o fez se sentar na primeira fila, para que pudesse controlá-lo. E agora esse russo estava sentado na última carteira, e parece que eu não era o único a ter a impressão de que, do ponto de vista da sra. Pechstein, não foi uma boa ideia ter o russo sentado ali em vez do Kallenbach. Seu calibre era diferente do de Kallenbach, isso era evidente, por isso todos ficavam se virando continuamente para olhá-lo. Depois dessa cena com Wagenbach, a gente já sabia: vai acontecer mais coisa, agora o negócio está ficando emocionante de verdade.

Mas depois não aconteceu nada durante todo o dia. Tchick foi cumprimentado por cada professor e precisou soletrar seu nome a cada aula, porém fora isso foi calmo. Os próximos dias também foram calmos, uma verdadeira decepção. Tchick vinha para a escola sempre com a mesma camisa escangalhada, não participava da aula, quando era chamado dizia sempre “não” ou “sim” ou “não sei” e não atrapalhava. Ele não fez amizade com ninguém e também não fez nenhuma tentativa de fazer amizade com alguém. Parou de cheirar a álcool nos dias seguintes, mas apesar disso sempre tínhamos a impressão que estava fora do ar quando olhávamos para a última fila. Do jeito que ficava sentado lá com seus olhos rasgados, tão absorto em si mesmo, nunca dava para saber: ele está dormindo, está mamado ou é simplesmente largado demais?

Uma vez por semana, mais ou menos, aquele cheiro de antes voltava. Não tão grave quanto no primeiro dia, porém voltava. Já tinha acontecido de umas pessoas da classe ficarem totalmente bêbadas — eu não estava entre elas —, mas alguém chegar alto pela manhã na escola era algo novo. Nessa hora, Tchick não parava de mascar uns chicletes fedidos de hortelã, e por aí dava sempre para reconhecer o nível da encrenca.

Fora isso, ninguém sabia muita coisa sobre ele. Alguém sair da escola especial e querer fazer faculdade mais tarde já era absurdo o suficiente. E, ainda por cima, essas roupas. Mas também havia gente que o defendia, que achava que na realidade ele não era burro. “Com certeza ele não é tão burro quanto o Kallenbach”, afirmei certa vez, pois fazia parte dessa turma. Mas, sendo sincero, eu apenas o defendia porque Kallenbach estava por perto, e ele me irritava. A partir da participação de Tchick nas aulas, não dava mesmo para se saber se ele era burro, inteligente ou algo intermediário.

E, claro, havia também suspeitas sobre sua origem. Chechênia, Sibéria, Moscou — tudo entrava na conversa. Na opinião de Kevin, Tchick morava em algum lugar atrás de Hellersdorf num trailer, junto com o irmão. E esse irmão era contrabandista de armas. Outra pessoa dizia que ele era traficante de mulheres, e falava-se de uma mansão com quarenta quartos, na qual a máfia russa organizava orgias, outra afirmava que Tchick morava num desses prédios na direção de Müggelsee. Mas, sinceramente, tudo isso era invencionice e só acontecia porque Tchick não conversava com quase ninguém. E, dessa maneira, aos poucos ele foi caindo de novo no esquecimento. Ou pelo menos no nível de esquecimento que se pode cair quando se usa todos os dias a mesma camisa medonha e um jeans barato e se senta no lugar do bobo da classe. Os sapatos de animais mortos foram substituídos em algum momento por uns Adidas brancos, e alguém imediatamente já tinha apurado que eram recém-roubados. Mas o número de rumores não aumentou mais. Apenas o apelido Tchick foi inventado, e todos que achavam o nome simples demais o chamavam de *aluno especial*, pondo um ponto final no assunto "o russo". Pelo menos na nossa classe.

A coisa durou um pouco mais no estacionamento. Os alunos do Ensino Médio se reuniam pela manhã, antes da escola, nesse estacionamento, e entre eles havia alguns que já tinham carro e que achavam o mongol superinteressante. Caras que já tinham repetido cinco vezes de ano e que se apoiavam na porta do motorista do carro, para que todos vissem que eram os proprietários daquelas latas-velhas, e que tiravam sarro de Tchick. "Mamado outra vez, Ivan?" E isso todas as manhãs. Principalmente um sujeito com um Ford Fiesta amarelo. Durante um bom tempo, eu não sabia se Tchick entendia o que eles estavam falando a seu respeito e que riam dele, mas num dia desses ele resolveu ficar parado. Nesse momento, eu estava ocupado em trancar minha bicicleta e ouvi como eles apostaram, em voz alta, se Tchick iria chegar até a porta do prédio da escola, do jeito que ele estava cambaleando — eles disseram: Como o mongol de merda está bambeando. Tchick parou, voltou ao estacionamento, até onde estavam os caras. Todos eles mais altos e alguns anos mais velhos do que ele e que abriam um sorriso larguíssimo ao ver o russo se aproximar — e passar por eles. Ele se dirigiu direto ao sujeito do Ford, que era o mais barulhento de todos, colocou a mão sobre a porta do motorista e falou tão baixinho com ele que ninguém mais conseguiu escutar. Em seguida, o sorriso do sujeito do Ford foi sumindo devagar do seu rosto, e Tchick se virou e foi para a escola. A partir desse dia, eles pararam de mexer com ele.

Claro que não fui o único a observar a cena, e depois disso as fofocas sobre a família de Tchick ser realmente da máfia russa ou algo assim não pararam mais, porque ninguém conseguia imaginar de que outra forma ele tinha conseguido nocautear o babaca do Ford com três frases. Mas lógico que isso era asneira. Máfia, asneira total. Pelo menos era o que eu achava.

10

Duas semanas depois, recebemos a primeira prova de matemática corrigida. A primeira coisa que Strahl fazia era copiar o resultado da classe na lousa, para assustar o povo. Dessa vez, tinha um A no meio, algo incomum. A frase predileta de Strahl era: Só Deus tira dez. O terror. Mas Strahl era professor de matemática e completamente lesado. E havia dois Bs, uma quantidade enorme de Cs, nenhum D. E um E. Eu estava um pouco esperançoso pelo A, matemática era a única matéria na qual eu me saía bem às vezes. Mas tirei B menos. Já era alguma coisa. No caso de Strahl, B menos era quase A. Eu me virei discretamente para o lado de onde deveria vir a comemoração pelo A. Mas ninguém estava comemorando. Nem Lukas nem Kevin, os outros feras em matemática. Em vez disso, Strahl pegou o último caderno e o levou pessoalmente até Tschichatschow, na última fileira. Tchick estava sentado lá, mastigando furiosamente chicletes de hortelã. Ele não olhou para Strahl e apenas parou de mastigar e de respirar. Strahl se curvou, umedeceu seus lábios e disse: "Andrei".

Quase não houve reação. Um ligeiro virar de cabeça, como um gângster num filme ao escutar o clique de um revólver sendo armado.

"Sua prova. Não sei o que é isso", disse Strahl, apoiando uma mão na carteira de Tchick. "Quero dizer, se vocês não tiveram essa matéria na sua escola antiga — você precisa ir atrás. Afinal, você nem tentou. O que está escrito aí", Strahl folheou o caderno e baixou a voz, mas ainda dava para entendê-lo, "essas piadas — quero dizer, se vocês não tiveram a matéria, claro que entendo. Eu tive de dar um E, mas é como se esse E estivesse entre parênteses. Minha sugestão é para você ir falar com o Kevin ou o Lukas. Peça o caderno deles emprestado. A matéria dos últimos dois meses. E também se você tiver dúvidas. Porque senão isso não vai levar a nada."

Tchick assentiu. E o fez de maneira incrivelmente compreensiva, e daí aconteceu. Ele caiu da cadeira, diante dos pés do Strahl. Strahl estremeceu, e Patrick e Júlia se levantaram. Tchick estava deitado no chão feito morto.

Todos achávamos que esse russo era diferente, mas não que ele iria cair da cadeira, sensibilizado por causa de um E em matemática. Como descobrimos rapidamente, não foi nenhuma sensibilidade. Ele não tinha comido nada durante a manhã e a questão com o álcool era evidente. Na secretaria, Tchick encheu a pia de vômito e alguém o acompanhou até em casa.

Sua fama não melhorou muito por causa disso. Não estava claro que tipo de piadas ele tinha escrito no caderno em vez da prova de matemática, e não sei mais quem tirou o A. Mas o que ainda sei e que provavelmente nunca vou me esquecer é o rosto do Strahl quando esse russo caiu diante de seus pés. Uau!

O irritante nessa história toda não foi Tchick ter caído da cadeira ou ter tirado E. O irritante foi que duas semanas mais tarde ele tirou um B. E, depois, mais um D. Em seguida, outro B. Strahl quase enlouqueceu. Ele falou algo como "recuperou bem a matéria" e "não relaxe agora", mas qualquer cego podia ver que os Bs não tinham nenhuma relação com o fato de Tchick ter recuperado a matéria. Eles tinham relação apenas com Tchick às vezes estar mamado e outras, não.

Aos poucos os professores foram entendendo isso também, e algumas vezes Tchick recebeu advertência e foi mandado para casa. Houve também conversas em particular, mas a princípio a escola não fez muita coisa. De todo modo, Tchick tinha uma história difícil ou algo nesse gênero, e porque depois do PISA, aquele teste que compara a eficiência escolar no mundo, todos queriam provar que até russos antissociais, bêbados, tinham uma chance numa escola de primeira linha alemã, não houve um castigo de verdade. Após um tempo, a situação se acalmou, embora ninguém soubesse o que se passava com Tchick. Mas ele conseguia acompanhar mais ou menos a maioria das matérias. Mascava cada vez menos chicletes de hortelã durante as aulas. E quase não perturbava. Se ele não tivesse seus xiliques vez ou outra, acho que teríamos até esquecido da sua existência.

11

"*Um homem, que o senhor K. não via há tempos, cumprimentou-o com as palavras: 'O senhor quase não mudou'. 'Oh', disse o senhor K., empalidecendo.* Esse conto foi agradavelmente curto." Kaltwasser abriu a lousa ao passar, tirou a jaqueta e jogou-a sobre sua cadeira. Kaltwasser era nosso professor de alemão, e ele sempre entrava na classe sem maiores cumprimentos, ou pelo menos não escutávamos nenhum cumprimento porque mal passava pela porta e já começava com a aula. Devo admitir que eu não entendia Kaltwasser direito. Junto com Wagenbach, Kaltwasser é o único que dá uma aula legal, mas enquanto Wagenbach é um bundão, ou seja, humano, não dá para saber qual é a de Kaltwasser. Ou eu é que não sei qual é a de Kaltwasser. Ele entra como uma máquina e começa a falar, e os quarenta e cinco minutos passam de um jeito superdecente, e depois Kaltwasser sai de novo e a gente fica sem saber o que achar. Não consigo imaginar, por exemplo, como ele é em casa. Não consigo nem dizer se o acho simpático ou não. Todos os outros são unânimes em afirmar que o Kaltwasser é tão simpático quanto um monte de merda resfriada, mas não sei. Acho que, fora da escola, ele talvez seja bacana do jeito dele.

"Agradavelmente curto", repetiu Kaltwasser. "E algumas pessoas com certeza pensaram que a interpretação também podia ser tão curta assim. Mas é para ficar claro: não é tão simples assim. Ou será que alguém acha que é muito simples? Quem se habilita? Voluntários? Ora, vamos. A última fileira está sorrindo para mim." Seguimos o olhar de Kaltwasser até a última fileira. Tchick estava com a cabeça sobre a carteira e não dava para saber direito se estava lendo seu livro ou dormindo. Era a sexta aula.

"Senhor Tschichatschow, faça o favor."

"O quê?" A cabeça de Tchick ergueu-se devagar. Essa maneira irônica de chamar as pessoas de senhor. A lampadinha vermelha acendia.

"Senhor Tschichatschow, o senhor está aí?"

"Estou trabalhando."

"O senhor fez a lição de casa?"

"Claro."

"O senhor poderia fazer a gentileza de lê-la em voz alta para nós?"

"Ah, sim." Tchick olhou rapidamente em volta de sua carteira, descobrindo sua sacola plástica no chão, ergueu-a e procurou pelo caderno. Como sempre, ele não havia tirado nada antes da aula. Catou vários cadernos e parecia estar com dificuldade em identificar o certo.

"Se você não fez a lição, diga."

"Eu tenho a lição — onde tá? Onde tá?" Ele colocou um caderno sobre a carteira, guardou os outros e folheou-o.

"Aqui, achei. É para eu ler em voz alta?"

"Estou *pedindo*."

"Bom, então vou começar. A lição de casa era a história do senhor K. Começo. Interpretação da história do senhor K. A primeira pergunta ao ler a história de Precht é, logicamente..."

"Brecht", disse Kaltwasser. "Bert Brecht."

"Ah." Tchick pescou uma esferográfica da sacola plástica e fez um rabisco no seu caderno. Ele guardou a caneta de volta na sacola.

"Interpretação da história do senhor K. A primeira pergunta ao ler a história de Brecht é o que se esconde por trás da enigmática letra K. Sem muito exagero, é possível dizer que se trata de um homem que abomina estar sob os holofotes. Ele se esconde atrás de uma letra, e essa letra é o K. Trata-se da décima primeira letra do alfabeto. Por que ele se esconde? Na realidade, o senhor K. é contrabandista de armas. Juntamente com outras figuras obscuras (os senhores L. e F.) ele fundou uma organização criminosa, para a qual a Convenção de Genebra é apenas uma piada de mau gosto. Ele vendeu tanques e aviões e ganhou milhões e há muito tempo não suja mais as mãos. Prefere passear no mar Mediterrâneo com seu iate, mas a CIA vem ao seu encalço. Por essa razão, o senhor K. fugiu para a América do Sul e, pelas mãos do doutor M., passou por uma cirurgia plástica no rosto. Agora, ele se espanta quando alguém o reconhece na rua: ele empalidece. Está claro que o homem que o reconheceu na rua foi encontrado pouco depois em águas incrivelmente profundas com um bloco de concreto amarrado nos pés. Fim."

Olhei para Tatjana. Ela estava com a testa enrugada e segurava um lápis na boca. Em seguida, olhei para Kaltwasser. Não dava para reconhecer absolutamente nada no rosto do Kaltwasser. Ele parecia ligeiramente tenso, mas mais no sentido interessado-tenso. Nem mais nem menos. Não deu nota. Em seguida, Anja leu a interpretação correta, que também aparece no Google, e depois ainda houve uma discussão infinita sobre se Brecht era comunista e daí a aula acabou. E isso foi logo antes das férias de verão.

12

Mas agora tenho de contar do aniversário da Tatjana. Tatjana faz aniversário no meio das férias de verão, e haveria uma festa gigante. Ela já tinha anunciado isso havia tempo. A conversa era a de que festejaria seus catorze anos em Werder, perto de Potsdam, e que todos estariam convidados, com hospedagem e tudo. Ela tinha se informado com as amigas, porque queria ter certeza de que todas estariam presentes, e como Natalie viajaria de férias com os pais já no terceiro dia das férias, a festa foi antecipada para o segundo dia, e por isso a coisa estava sabida desde cedo.

Essa casa em Werder era de um tio de Tatjana e ficava junto ao lago, e esse tio iria praticamente deixar a casa nas mãos da Tatjana, de modo que fora ele não haveria adultos, a festa atravessaria a noite e todos deveriam levar sacos de dormir.

Claro que isso foi um assunto e tanto na classe durante semanas, e eu comecei a pensar nesse tio. Não sei mais por que ele me fascinava tanto, mas achei que devia ser um sujeito bastante interessante para deixar sua casa assim sem mais nem menos para Tatjana, que ainda por cima era sua parente. Eu estava muito ansioso para conhecê-lo. Volta e meia eu me via com ele na sua sala de visitas, junto à lareira, levando uma conversa educadíssima. E eu não sabia nem se existia uma lareira na casa. Mas eu não era o único que estava nervoso por causa dessa balada. Júlia e Natalie estavam passando um tempão quebrando a cabeça sobre o presente da Tatjana — dava para ler isso nos bilhetes que eram passados durante as aulas pelas carteiras. Quer dizer, eu conseguia ler porque ficava sentado na linha de ligação direta entre Júlia e Natalie e, claro, estava eletrizado com essa história de presente e também não pensava em outra coisa senão no que eu poderia dar de aniversário para Tatjana. Júlia e Natalie tinham se decidido por comprar o CD novo da Beyoncé. Júlia tinha feito uma lista para Natalie fazer um xis, e que era mais ou menos assim:

- *Beyoncé*
- *Pink*
- *A gargantinha com o* [ilegível]
- *Vamos esperar mais um pouco*

E Natalie fez seu xis bem no alto. Todo mundo sabia que a Tatjana adorava a Beyoncé. Coisa que eu, a princípio, acho um pouquinho problemática, porque para mim a Beyoncé é uma droga, pelo menos a sua música. Pelo menos sua aparência é fantástica e ela tinha até certa semelhança com Tatjana, e por isso em algum momento deixei de achar a Beyoncé tão droga. Pelo contrário, comecei a gostar da Beyoncé, e de repente passei a gostar também da sua música. Não, não é bem assim. Eu achava a música o máximo. Eu tinha comprado os últimos dois CDs e os tocava sem parar enquanto pensava na Tatjana e com qual presente eu tinha de aparecer nessa festa. De maneira alguma eu poderia dar algo da Beyoncé para ela. Trinta outras pessoas, fora Júlia e Natalie, provavelmente teriam a mesma ideia e daí Tatjana ganharia trinta CDs da Beyoncé e poderia trocar vinte e nove deles. Eu queria lhe dar algo de especial, mas não sabia o quê, e apenas quando esse bilhete para fazer o xis passou por mim é que caiu a ficha.

Fui até a Karstadt, comprei na revistaria da loja de departamentos uma revista de moda bem cara com o rosto da Beyoncé na capa e comecei a desenhar. Usei uma régua para fazer uns traços horizontais e verticais a lápis sobre o rosto, em intervalos regulares, até que a imagem estivesse cheia de quadradinhos. Em seguida, peguei uma folha de papel imensa e desenhei cinquenta quadrados cinco vezes maiores. Aprendi esse método num livro. *Velhos mestres* ou algo parecido. Dessa maneira dá para fazer de uma imagem pequena uma imagem bem grande. É só copiar quadrado por quadrado. Claro que vale também usar uma copiadora. Mas eu queria que fosse um desenho. Provavelmente queria que ficasse evidente que eu tinha me esforçado. Porque quando alguém percebe o esforço, então consegue imaginar o resto. Trabalhei dia após dia, durante semanas, nesse desenho. Realmente ralei. Só com lápis, e eu estava ficando cada vez mais maluco, porque durante o desenho eu não conseguia pensar em outra coisa além da Tatjana, de seu aniversário e de seu tio supersimpático, com quem eu levava uns papos inacreditavelmente cabeças junto à lareira.

E mesmo se eu não for muito bom nas coisas, desenhar eu sei. Mais ou menos como o salto em altura. Se desenhar a Beyoncé e salto em altura fossem as matérias mais importantes do mundo, eu seria um dos primeiros. Falando sério. Infelizmente, ninguém se interessa por salto em altura, e eu comecei a ter umas dúvidas em relação ao desenho. Depois de quatro semanas de trabalho, a Beyoncé estava quase parecida com uma foto, uma Beyoncé a lápis gigante com os olhos da Tatjana, e eu provavelmente teria sido a pessoa mais feliz do universo caso tivesse recebido um convite para a festa dela. Mas não recebi.

Era o último dia de aula e eu estava um pouco nervoso porque a festa era o assunto na sala, ninguém parava de falar sobre Werder, perto de Potsdam, mas ainda não tinha rolado nenhum convite, ou eu é que não tinha visto nenhum. E não se sabia onde exatamente seria a festa; afinal Werder não é tão pequena assim. Há tempos eu já tinha estudado o mapa da cidade. E por isso eu pensava que, no último dia de aula, Tatjana iria dizer alguma coisa. Mas não foi o que ocorreu.

Em vez disso, vi um cartãozinho verde na mochila de Arndt, que se sentava duas fileiras na minha frente. Foi na aula de matemática. Vi como Arndt mostrou o cartãozinho verde para Kallenbach, e Kallenbach franziu a testa, e consegui enxergar um pequeno mapa no centro do cartãozinho verde. E daí percebi que todos tinham esses cartõezinhos verdes. Quase todos. Do jeito idiota que Kallenbach olhava, ele também estava de mãos abanando, mas ele sempre olhava de um jeito idiota. Afinal, ele era idiota. Esse provavelmente foi também o motivo para não ter sido convidado. Kallenbach se curvou bastante sobre o escrito, era míope e sabe-se lá por que nunca usava os óculos, e Arndt catou a coisa de volta e a guardou na mochila. Como veio a se saber mais tarde, Kallenbach e eu não fomos os únicos a ficar sem convite. O Nazi também ficou sem. E Tschichatschow e mais um ou dois. Lógico. Os mais babacas e antissociais não foram convidados. Russos, nazistas e babacas. E não tive de pensar muito para saber o que eu era aos olhos da Tatjana. Porque eu não era nem russo nem nazista.

Fora esses, praticamente a classe inteira tinha sido convidada, mais metade da classe ao lado e mais cem pessoas, com certeza, e eu não.

Fiquei na expectativa até a última aula e até depois da entrega dos boletins. Eu esperava que tudo não tivesse passado de um grande engano, que Tatjana viria até mim depois do sinal, dizendo: "Psico, cara, eu te esqueci totalmente! Aqui está o cartãozinho verde! Tomara que você possa ir, eu ficaria supertriste se justo você não aparecesse — e será que você pensou no meu presente? É, dá pra confiar em você! Então até lá, estou superfeliz que você vai! Eu quase te esqueci, meu Deus!". Daí tocou o sinal e todos foram para casa. Fiquei um tempão arrumando minhas coisas para dar a Tatjana a última oportunidade de perceber seu engano.

Nos corredores tinham restado apenas os gordos e os inteligentes, que conversavam sobre seus boletins e alguma outra bobagem, e na saída — a vinte metros depois da saída — alguém bateu no meu ombro e disse: "Jaqueta bacana". Era Tchick. Ao rir, deu para ver duas fileiras de dentes grandes, e os olhos rasgados estavam mais apertados do que de costume. "Vou comprar de você. A jaqueta. Fique parado."

Não fiquei parado, mas escutei ele me seguindo.

"Jaqueta de estimação", eu disse. "Invendável." Eu tinha descoberto a jaqueta na Humana e pago cinco euros nela, e era realmente minha jaqueta de estimação. Uma peça chinesa qualquer, no peito uma estampa branca de dragão, que parecia baratíssima. Mas também bem bacana. No fundo, a jaqueta ideal para os antissociais. E por isso eu gostava dela assim, não dava para ver de cara que eu era exatamente o oposto de um antissocial: rico, covarde, indefeso.

"Onde tem dessas? Ei, pare aí! Pra onde você está indo?" O grito dele atravessou o pátio e ele também estava achando tudo engraçado. Parecia que alguém tinha lhe dado mais alguma coisa além de álcool. Entrei na Weidengasse.

"Você repetiu?"

"Por que você está gritando assim?"

"Você repetiu?"

"Não."

"Parece."

"Parece o quê?"

"Que você repetiu."

O que ele queria de mim? Me peguei pensando que achava até bom que a Tatjana não o tivesse convidado.

"Mas uma porção de Ds."

"Não faço ideia."

"Como assim, não faço ideia? Se eu estiver te irritando, vá reclamar com o papa."

Eu devia reclamar caso ele estivesse me irritando? E daí eu levaria uma na fuça ou o quê?

"Não sei."

"Você não sabe se eu te irrito?"

"Se eu tirei uma porção de Ds."

"Sério?"

"Não olhei ainda."

"O boletim?"

"É."

"Você não olhou seu boletim?"

"É."

"Verdade? Você recebeu seu boletim e não olhou? Cara, isso é demais." Ele mexia muito os braços ao falar enquanto caminhava ao meu lado, e para minha surpresa não era mais alto do que eu. Apenas mais forte.

"Então você não vai vender a jaqueta?"

"Não."

"E o que você vai fazer agora?"

"Vou pra casa."

"E depois?"

"Nada."

"E depois?"

"Não é da sua conta, porra." Agora que eu tinha entendido que ele não queria gozar da minha cara, de imediato fiquei mais corajoso. Infelizmente, é sempre assim. Enquanto as pessoas são antipáticas, mal posso caminhar de nervoso. Mas se elas se tornam um pouquinho legais, já começo a magoá-las.

Tchick caminhou ao meu lado durante algumas centenas de metros, depois puxou minha manga, repetiu que era uma jaqueta superbacana e se afastou rumo aos arbustos. Eu o vi caminhando pelo gramado na direção dos prédios com a sacola plástica, que era sua mochila escolar, pendurada sobre o ombro direito.

13

Depois de um tempo, parei e me sentei no meio-fio. Eu não estava a fim de ir para casa. Não queria que o dia se tornasse como todos os outros. Era um dia especial. Um dia especialmente foda. Eu precisava de uma eternidade.

Quando abri a porta, não havia ninguém. Sobre a mesa, um bilhete: *Tem comida na geladeira*. Tirei minhas coisas da mochila, olhei rapidamente meu boletim, pus o CD da Beyoncé para tocar e me meti debaixo da coberta. Não conseguia me decidir se a música me consolava ou me deprimia mais ainda. Acho que ela me deprimia mais ainda.

Algumas horas depois, voltei à escola para buscar minha bicicleta. Sério, eu tinha esquecido minha bicicleta. Eram dois quilômetros até a escola e, às vezes, se estava com saco, ia a pé, mas nesse dia não fui a pé. Estava tão perdido nos meus pensamentos quando Tchick veio falar comigo que simplesmente destravei e voltei a travar minha bicicleta e saí caminhando. Uma droga, de verdade.

Pela terceira vez no dia, passei pelo grande monte de areia e pelo parquinho onde começam os terrenos abandonados. Sentei-me na torre dos índios. Uma imensa torre de madeira, que foi construída lá com meio forte, para que as crianças pequenas pudessem brincar de caubóis e índios, caso existissem crianças pequenas. Mas nunca vi uma criança por lá. Nem jovens ou adultos. Nem mesmo os drogados passavam a noite por lá. Só eu me sento no alto da torre às vezes, quando estou na merda, já que lá ninguém me enxerga. A leste, dá para ver os prédios de Hellersdorf, ao norte a Weidengasse passa por trás dos arbustos, e um pouco mais atrás ainda há um grupo de pequenos jardins. Mas em volta do parquinho não há nada, uma imensa terra de ninguém, que originalmente foi um canteiro de obras. Era para terem sido construídas casas, como ainda dá para se ler na placa grande, desgastada pelo tempo, que está tombada ao lado da rua. Tijolos brancos e telhado vermelho, árvores de copas redondinhas e a inscrição: *Aqui serão erguidas 96 casas*. Mais embaixo o texto se refere a imóveis muito rentáveis para aplicação e bem embaixo está escrito em algum lugar *Imobiliária Klingenberg*.

Certo dia, porém, três insetos mortos foram encontrados nesse gramado, um sapo e uma grama rara, e desde então os ambientalistas estão processando as construtoras, e as construtoras, os ambientalistas, e o terreno permanece ocioso. Os processos estão correndo há dez anos e, se for possível acreditar no meu pai, eles vão continuar correndo por mais dez anos, porque contra esses ecofascistas não há remédio. Nesse meio-tempo, ele também aboliu a sílaba eco, porque esses processos o arruinaram. É que um quarto do terreno era dele e por isso ele entrou no processo e se borrou. Se um estranho escutasse nossa conversa à mesa do almoço, não entenderia nem uma palavra. Durante anos meu pai falou apenas sobre merda, gente escrota e fascistas. Durante muito tempo, não entendi o quanto ele tinha levado de prejuízo na coisa e como isso iria nos afetar. Sempre pensei que meu pai ia sair da lama, e no começo ele talvez até tenha pensado isso também. Mas depois ele jogou a toalha e vendeu sua parte. E levou outros prejuízos enormes na cabeça, mas era da opinião de que os prejuízos teriam sido ainda maiores caso ele continuasse com os processos, e por isso vendeu tudo bem abaixo do valor aos *escrotos*. Essa palavra agora se refere aos colegas dele. Os escrotos que continuaram com os processos. Isso foi há um ano e meio. E há um ano está claro: foi o início do fim. Para compensar os prejuízos com a Weidengasse, meu pai especulou com ações e agora estamos falidos, as férias foram canceladas e a casa, que nos pertence, provavelmente não nos pertence mais há tempos. Diz meu pai. E tudo por causa de três lagartas e uma folha de grama.

Tudo o que sobrou de toda essa agitação foi o parquinho, que tinha sido construído bem no começo, para expressar o amor pelas crianças de Marzahn. Em vão, infelizmente.

E, o.k., assumo, existe mais um motivo pelo qual comecei por esse parquinho. Porque, na realidade, do alto da torre dá para enxergar também duas casas brancas de aluguel. Essas casas de aluguel ficam depois do grupo de pequenos jardins, atrás das árvores, e Tatjana mora numa delas. Embora eu nunca soubesse exatamente onde, há uma pequena janela, no alto à esquerda, onde sempre se acende uma luz verde no fim da tarde. E, por algum motivo, meti na cabeça que esse é o quarto da Tatjana. E, por isso, às vezes fico sentado na torre dos índios e espero pela luz verde. Quando venho do treino de futebol ou das aulas do período da tarde. Daí olho por entre as tábuas e uso a chave de casa para gravar umas letras na madeira, e quando a luz se acende, sinto um calor na região do coração, e quando ela não se acende é sempre uma decepção enorme.

Mas nesse dia ainda era cedo demais, e não esperei e fui direto para a escola. Minha bicicleta se encontrava sozinha, solitária, no longuíssimo suporte de bicicletas. A bandeirinha estava pendurada, molenga, na haste e não havia mais ninguém no prédio. Apenas o zelador levava dois latões de lixo para a rua. Um conversível com som de hip-hop turco passou navegando pela rua. E o resto do verão ficaria assim. Seis semanas sem Tatjana. Eu já me via balançando numa forca diante da torre dos índios.

Novamente em casa, não sabia o que fazer. Tentei arrumar o farol da minha bicicleta, que estava quebrado havia tempo, mas não tinha as peças para trocar. Coloquei "Survivor" para tocar e comecei a mudar os móveis do meu quarto de lugar. Puxei a cama para a frente e a escrivaninha para o fundo. Em seguida, voltei a descer e tentei ajeitar o farol mais uma vez, mas não tinha jeito; joguei as ferramentas no canteiro das flores, subi, me lancei na cama e gritei. Era o primeiro dia de férias e eu já estava quase pirando. Em algum momento, peguei o desenho da Beyoncé. Olhei um tempão para ele, segurei-o com as duas mãos e comecei a rasgá-lo bem devagar. Quando o rasgo chegou na testa da Beyoncé, parei e desatei a chorar. Não sei mais quando foi isso. Sei que em algum momento saí correndo de casa, entrei no bosque, subi o monte e comecei a correr. Eu não corria de verdade, não estava usando roupa esportiva, mas ultrapassei mais ou menos vinte corredores por minuto. Simplesmente corri pelo bosque e gritei, e todos os outros que corriam pelo bosque me deixavam irritadíssimo porque estavam me *ouvindo* e, ainda por cima, quando veio alguém caminhando apoiado naqueles bastões de esqui, foi por um triz que não chutei a merda dos bastões na bunda do sujeito.

Em casa, fiquei horas debaixo do chuveiro. Um pouco depois me senti melhor, feito um náufrago que está há semanas vagando pelo Atlântico quando um transatlântico passa por ele, alguém lhe joga uma latinha de Red Bull e o navio segue viagem — mais ou menos assim.

Lá embaixo, uma movimentação junto da porta de casa.

"O que está jogado lá fora?", berrou meu pai.

Tentei ignorá-lo, mas era difícil.

"É para ficar largado lá?"

Ele estava se referindo às ferramentas. Por isso, desci de novo depois de ter olhado no espelho se meus olhos ainda estavam vermelhos. Dei de cara com um motorista de táxi diante da porta, coçando o saco.

"Suba e avise sua mãe", disse meu pai. "Você já se despediu? Você nem se lembrou, não é? Vamos, ande! Ande!"

Ele me empurrou escada acima. Eu estava bravo. Mas, infelizmente, meu pai tinha razão. Eu tinha me esquecido por completo da coisa da minha mãe. Tinha ficado ligado durante os últimos dias, mas, por causa do nervosismo de hoje, esqueci. Minha mãe ficaria de novo quatro semanas na clínica.

Ela estava diante do espelho no quarto, de casaco de pele, e tinha se reabastecido legal mais uma vez. Afinal, na clínica não tinha jeito. Eu a ajudei a se levantar e carreguei sua mala para baixo. Meu pai colocou a mala no táxi, e mal o carro tinha saído ele lhe telefonou, como se se preocupasse um monte com ela. Mas não era esse o caso, como logo ficou claro. Não fazia nem meia hora que minha mãe estava fora quando meu pai entrou no meu quarto com aquela cara de cachorrinho salsicha, e essa cara significa: sou seu pai. E preciso falar com você sobre algo importante. E que não é desagradável apenas para você, mas para mim também.

Foi assim que ele me olhou alguns anos atrás, quando achou que tinha de conversar comigo sobre sexo. Foi assim que me olhou quando, por conta de uma alergia qualquer a pelo de gato, ele sumiu não só com meu gato como também com meus dois coelhos e com a tartaruga. E agora ele também me olhava igualzinho.

"Acabei de descobrir que tenho uma reunião de negócios", disse ele, como se a pessoa mais surpresa com essa descoberta fosse ele próprio. Profundas rugas de cachorrinho salsicha na testa. Ele rodeou um pouco, mas a coisa era bem simples. A coisa era que ele iria me deixar sozinho por catorze dias.

Fiz uma expressão de quem tinha de fazer um esforço incrível para ver se conseguiria suportar essa má notícia. Conseguiria? Catorze dias nesse ambiente hostil formado por piscina, ar-condicionado, disque-pizza e *home theater*? É, sim, assenti, abalado, eu poderia tentar, sim, eu provavelmente sobreviveria.

A cara de cachorrinho salsicha relaxou somente por um instante. Talvez eu tivesse exagerado um pouco.

"E que você não faça merda! Não vá achando que pode fazer merda. Vou te deixar duzentos euros, eles já estão lá embaixo na fruteira, e se acontecer alguma coisa, você me liga imediatamente."

"Ligo para a sua reunião de negócios."

"Sim, para a minha *reunião de negócios*." Ele me olhou furioso.

À tarde, supostamente preocupado, ele voltou a ligar para minha mãe, e sua assistente chegou para buscá-lo enquanto ele ainda falava com ela. Desci de imediato para checar se ainda era a mesma. É que essa assistente é muito bonita, e só uns anos mais velha do que eu, ou seja, por volta de dezenove. E ela ri o tempo todo. Ela ri incrivelmente muito. Eu a vi pela primeira vez há dois anos, quando visitei o escritório do papai, e ela logo foi fazendo festinha no meu cabelo e riu, enquanto eu encostava o lado direito e o esquerdo do rosto, as mãos e os pés descalços, nessa sequência, sobre a máquina de xerox. Ela não faz mais isso, as festinhas no meu cabelo.

Ela desceu do carro usando shorts e um blusão justíssimo, e estava totalmente claro que tipo de viagem de negócios era aquela. O blusão era tão justo que dava para ver praticamente todos os detalhes. Achei decente meu pai nem tentar fazer muita cena. Não tinha necessidade. Entre meus pais a coisa estava clara. Minha mãe sabia das andanças do meu pai. E ele também sabia das dela. E quando estavam sozinhos, gritavam um com o outro.

Mas o que demorei para entender foi por que não se separavam. Durante um tempo, achei que o motivo fosse eu. Ou o dinheiro. Mas acabei chegando à conclusão que eles gostavam de gritar um com o outro. Que gostavam de ser infelizes. Eu tinha lido isso numa dessas revistas: que tem gente que gosta de ser infeliz. Ou seja, que é feliz quando é infeliz. Tenho de admitir, porém, que não entendi muito bem esse raciocínio de imediato. Algo fez sentido para mim já de cara. Mas algo também não fez sentido.

E também não achei uma explicação melhor para os meus pais. Realmente pensei muito a respeito, no final fiquei com dor de cabeça de verdade de tanto pensar. Foi como olhar para imagens em 3D, a gente precisa ficar quase vesgo para enxergar e, de repente, algo invisível aparece. Outras pessoas têm mais facilidade, no meu caso quase nunca funciona, e no momento em que vejo o invisível — que em geral é uma flor, um alce ou algo parecido —, a imagem desaparece no mesmo instante, e eu fico com dor de cabeça. E acontece exatamente o mesmo quando penso sobre os meus pais, e eu fico com dor de cabeça. E por isso não penso mais a respeito.

Enquanto meu pai arrumava as malas, fiquei embaixo com a Mona, levando um papo. Ela se chama Mona, a assistente do meu pai, e a primeira coisa que ela me disse foi como o tempo tinha esquentado e como ia esquentar ainda mais nos próximos dias. O básico. Mas quando ela descobriu que eu teria de passar minhas férias sozinho, me olhou com uma cara tão triste que quase chorei pelo meu próprio destino terrível. Abandonado pelos pais, por Deus e pelo mundo! Pensei em pedir que fizesse festinhas no cabelo como antes, na máquina de xerox. Mas não tive coragem. Em vez disso, fiquei o tempo todo observando a paisagem, com meu olhar passando de raspão por aquele blusão justíssimo, escutando Mona falar sobre como meu pai era um sujeito responsável e assim por diante. Envelhecer não tem apenas vantagens.

Eu ainda estava absorto na minha observação paisagística quando meu pai desceu as escadas com as malas.

"Não sinta pena dele", ele falou. Ele me deu mais uma vez os mesmos conselhos que já tinha dado, me disse pela terceira vez onde tinha metido os duzentos euros, e daí colocou o braço ao redor da cintura de Mona e foi com ela para o carro. Isso, entretanto, ele podia ter pulado. Colocar o braço ao redor da cintura dela, quero dizer. Achei bom ele não ter armado um tremendo segredo. Mas enquanto estivessem no nosso terreno, ele não deveria ter colocado o braço ao redor da sua cintura. Minha opinião. Bati a porta, fechei os olhos e fiquei totalmente quieto durante um minuto. Em seguida, me joguei sobre o piso e comecei a soluçar.

"Mona!", gritei. E isso apertava minha garganta. "Preciso te confessar uma coisa!" Minha voz fazia um eco assustador no hall vazio, e Mona, que parecia já ter adivinhado que eu tinha de lhe confessar algo, colocou as mãos diante da boca, aflita. Seu blusão subia e descia, tenso.

"Oh Deus, oh Deus!", ela dizia.

"Não entenda errado", eu soluçava, "eu nunca trabalharia voluntariamente para a CIA! Mas sou obrigado, você entende?" E é claro que ela entendeu isso. Chorando, ela desabou ao meu lado. "Mas o que iremos fazer então?", ela perguntou desesperada.

"Não podemos fazer nada!", respondi. "Podemos apenas jogar o jogo deles. O mais importante é manter a fachada. É preciso que você se lembre que agora sou um aluno do *nono ano* e que me *pareço* com um aluno do nono ano, e que continuaremos a viver normalmente nossas vidas, pelo menos por mais um, dois anos, como se não nos conhecêssemos!"

"Oh Deus, oh Deus!", disse Mona, colocando os braços ao redor do meu pescoço. "Como pude duvidar de você?"

"Oh Deus, oh Deus!", disse eu, e apertei minha testa contra o piso gelado, me contorci no chão e chorei por aproximadamente mais meia hora. Depois passei a me sentir melhor.

14

Pelo menos até a vietnamita chegar. Normalmente, ela vem três vezes por semana. A vietnamita já é bem velha, sessenta eu diria, e não é muito boa de conversa. Ela passou por mim sem dizer uma palavra, entrou logo na cozinha e saiu de novo com o aspirador. Fiquei olhando aquilo durante um tempo e por fim fui até ela e lhe disse que ela não precisava trabalhar nas próximas duas semanas. Eu simplesmente queria ficar sozinho. Expliquei-lhe que meus pais ficariam fora durante esse tempo e que bastava ela vir na terça, daqui a catorze dias, para dar uma geral na casa. Porém foi difícil fazer com que ela compreendesse. Achei que o aspirador cairia da mão dela, tamanha sua alegria, mas não foi o caso. Em primeiro lugar, ela não acreditou em mim. Então lhe mostrei a lista e o que mais meu pai tinha comprado para mim e a quarta-feira circulada em vermelho no calendário, que era quando ele queria estar de volta, e porque ela ainda não estava acreditando em mim, mostrei-lhe até os duzentos euros que ele tinha deixado. E apenas então saquei por que ela estava tão agarrada ao seu aspirador. Porque ela pensou que não iria receber caso não trabalhasse, e tive de explicar-lhe que ela ganharia seu dinheiro mesmo assim. Superconstrangedor. Ninguém vai perceber, eu disse. Mas foi só com muito esforço que ela entendeu o lance, ela não sabe alemão, e por fim acabou indo embora depois que nós dois apontamos com nossos indicadores para a outra terça-feira, enquanto nos olhávamos profundamente e assentíamos com a cabeça. Em seguida, eu estava completamente exausto. Nunca sei como falar com essa gente. Já tivemos um indiano para cuidar do jardim, ele foi descartado agora para contenção de custos, mas era exatamente a mesma coisa. Constrangedor. Quero tratar essas pessoas o tempo todo de maneira normal, mas elas se comportam como empregadas que limpam a nossa sujeira, e são isso mesmo, mas eu só tenho catorze anos. Meus pais não têm esses problemas. E se meus pais estão junto, também não é problema para mim. Mas me sinto como o Hitler quando estou sozinho numa sala com a vietnamita. Quero arrancar-lhe imediatamente o pano das mãos e eu mesmo fazer a faxina.

Eu ainda a acompanhei até ela sair de casa e gostaria de ter lhe dado alguma coisa, mas não sabia o quê, e por isso só acenei às suas costas como um bobalhão e fiquei extremamente feliz quando por fim me vi sozinho. Guardei as ferramentas que ainda estavam jogadas e depois fiquei parado no ar quente, inspirando profundamente.

Em frente, os Dyckerhoff estavam fazendo churrasco. O filho mais velho me acenou com um espeto de churrasco, e como ele é um cuzão gigante tal qual todos os nossos vizinhos, olhei rapidamente para o outro lado e daí veio uma bicicleta rangendo, rolando rua abaixo. Rolando é um exagero. E bicicleta também. Era o quadro de uma antiga bicicleta feminina, pneus diferentes na frente e atrás, no meio um selim de couro desfiado. A única peça extra era um freio de mão bambo, que estava pendurado na vertical no cabo, como uma antena virada. Atrás, o pneu furado. E, em cima, Tschichatschow. Depois do meu pai, talvez ele fosse a última pessoa que eu quisesse ver agora. Na verdade, exceto pela Tatjana, no fundo qualquer pessoa era a última que eu queria ver. Mas a expressão no rosto mongol logo me mostrou que isso não era recíproco.

"Pffff!", disse Tchick e manobrou, sorrindo, sua bicicleta sobre nossa calçada. "Imagine o que aconteceu: estou andando lá trás — e escuto um 'pffff'. Você mora aqui? Ei, isso é material para consertar pneu? Beleza, passe aqui."

Eu não estava a fim de discussão. Por isso lhe dei todas as ferramentas e pedi para que simplesmente as devolvesse quando acabasse o serviço. Eu não tinha tempo, precisava sair. Em seguida, entrei na casa e fiquei observando durante um tempo pela porta fechada para ver o que acontecia lá fora, se ele talvez se mandaria com as ferramentas, e por fim me deitei novamente no quarto e tentei pensar outra coisa. Mas isso não era fácil. De lá de baixo dava para ouvir o barulho das ferramentas, um gramado estava sendo aparado e alguém cantava em russo. Cantava mal. E quando finalmente o entorno da casa ficou em silêncio, fiquei ainda mais inquieto. Olhei pela janela e vi alguém andando pelo nosso jardim. Tchick deu uma volta inteira ao redor da piscina, ficou parado na frente da escada de alumínio, balançando a cabeça, e coçou as costas com uma chave de fenda. Abri a janela.

"Piscina bacana!", Tchick falou e abriu um sorriso.

"É, piscina bacana. Jaqueta bacana, piscina bacana. E o que mais?"

Ele ficou em pé, simplesmente. Então eu desci e nós conversamos um pouquinho. O encantamento de Tchick com a piscina não tinha fim, ele queria saber como meu pai ganhava dinheiro e eu lhe expliquei, e daí eu queria saber dele como ele tinha desarmado aquele sujeito do Ford com três frases, e ele deu de ombros. "Máfia russa." Ele sorriu, e foi naquele momento que eu soube que não tinha nada a ver com a máfia russa. Mas não consegui saber com o que tinha a ver, embora tivesse tentado mais uma vez depois. Ficamos jogando conversa fora, e no final aconteceu o que tinha de acontecer: paramos diante do PlayStation e jogamos GTA. Tchick ainda não conhecia esse jogo e também não fomos muito bem, mas pensei: em todo caso, é melhor do que ficar chorando num canto.

"E é verdade que você não repetiu?", ele perguntou em algum momento. "Quero dizer, você olhou? Não entendo. Você está de férias, cara, provavelmente vai viajar, você pode ir nessa festa, e você tem uma fantástica..."

"Que festa?"

"Você não vai na Tatjana?"

"Não, estou sem saco."

"Sério?"

"Tenho outro compromisso amanhã", falei enquanto apertava alucinadamente o botão com o triângulo. "Além disso, não fui convidado."

"Você não foi convidado? É foda. Eu pensei que era o único."

"Vai ser uma balada chata", disse eu, derrubando algumas pessoas com o tanque.

"Sim, para os bichas talvez. Mas para gente como eu, que ainda tá ligada, essa balada é *imperdível*. Simla vai estar lá. E Natalie. E Laura e Corina e Sarah. Sem esquecer da Tatjana. E Mia. E Fadile e Cathy e Kimberley. E a docinho da Jennifer. E a loira do nono A. E a irmã dela. E Melanie."

"Ah", falei, olhando deprimido pela janela. Tchick também olhou deprimido pela janela.

"Me deixe ficar com o helicóptero", ele disse, e eu lhe passei o controle. Não falamos mais disso.

Era quase meia-noite quando Tchick finalmente foi para casa. Escutei a bicicleta ranger na direção da Weidengasse e em seguida fiquei um tempo sozinho diante da nossa casa no meio da noite, com as estrelas sobre mim. O melhor do dia: o fato de ele ter terminado.

15

A manhã seguinte foi um pouco melhor. Acordei tão cedo como num dia de aula, isso infelizmente não dava para mudar. Mas o silêncio na casa logo me avisou: estou sozinho, são férias de verão, a casa é minha e eu posso fazer o que quiser.

A primeira coisa que fiz foi carregar meus CDs para baixo e ligar o som no máximo na sala. White Stripes. Depois, abri a porta do terraço, me deitei ao lado da piscina com dois sacos de batatinhas e Coca-cola e meu livro preferido, e tentei esquecer a merda toda.

Embora ainda fosse cedo, devia estar pelo menos trinta graus à sombra. Fiquei balançando os pés na água e o conde Luckner conversou comigo. Esse é o meu livro preferido: *O último corsário*, do conde Luckner. Eu já o tinha lido umas três vezes, pelo menos, mas pensei que uma quarta vez não faria mal. Se alguém está tão bem na fita quanto esse conde, então dá para ler sua história cinco vezes. Ou dez. O conde Luckner é um pirata durante a Primeira Guerra Mundial e afunda um inglês depois do outro. E no melhor estilo cavalheiresco. Quer dizer, ele não os mata. Apenas afunda seus navios, salva todos os passageiros e os leva até a terra, sob ordens da Sua Majestade. E o livro não foi inventado, ele realmente viveu isso. Mas a passagem mais legal é na Austrália. Ele é vigia do farol e é caça cangurus. E só tem *quinze* anos. Não conhece ninguém lá. Ele fugiu com o navio, entrou no Exército da Salvação e acabou num farol na Austrália caçando cangurus. Mas dessa vez não cheguei até esse trecho.

O sol estava ardido, abri o guarda-sol e o vento o derrubou. Calcei o pé com alguns pesos. Deu certo. Mas não conseguia ler. Eu estava tão feliz por poder fazer tudo o que eu quisesse que de tanta felicidade não conseguia fazer nada.

Nesse aspecto, eu era totalmente diferente do conde Luckner. Fantasiei toda aquela novela mexicana com a Tatjana desde o começo de novo. Daí lembrei que o gramado precisava ser regado. Meu pai tinha se esquecido de me passar essa tarefa e por isso eu não precisava fazê-la. Mas fiz. Eu teria ficado muito chateado se fosse obrigado a regar o jardim, mas agora eu era praticamente o dono da casa e o jardim era *meu*; de repente gostei de regá-lo. Eu estava descalço sobre a escada diante da nossa casa, usando a mangueira amarela para regar. Abri toda a água, o jato alcançava pelo menos vinte metros de altura. Apesar disso, não consegui alcançar os cantos mais afastados do jardim da frente, embora tenha tentado todos os tipos de truque e mexido no aspersor para tentar esguichar mais longe. Porque agora eu não podia descer a escada de maneira nenhuma. Essa era a condição. Na sala, White Stripes no máximo, porta da casa aberta, e eu: calças arregaçadas e descalço, óculos escuros no cabelo, conde Maik von Armani y Prada rega suas terras. Eu podia fazer isso todas as manhãs! E também acharia bom se alguém me visse nessa hora. Mas ninguém me viu durante a maior parte do tempo. Eram oito e meia, as longas férias, tudo estava adormecido. Dois chapins azuis chilreavam pelo jardim. O simpaticamente pensativo e o pouco assustadoramente apaixonado conde Maik von Klingenberg permanecia totalmente sozinho em suas propriedades — não, não totalmente sozinho. Jack e Meg, que como tantas vezes, cansados da confusão dos *paparazzi*, o visitavam em seu domicílio berlinense, organizavam uma pequena *jam session* no quarto de trás. Logo o conde se juntaria a eles e lascaria alguns acordes roqueiros na flauta doce. Os pássaros trinavam, a água chapinhava... Maik von Klingenberg não amava nada mais do que essa hora matinal dos chapins azuis, quando ele regava o seu jardim. Ele dobrou a mangueira, esperou dez segundos, até que a pressão tivesse chegado ao máximo, e atirou uma bomba teleguiada de trinta metros de alcance sobre o rododendro. Meg White cantava "In the cold, cold night".

Um carro caindo aos pedaços veio descendo a rua. Ele passou devagar diante da nossa casa e embicou na entrada. O Lada Niva azul ficou durante um minuto com o motor ligado diante da nossa garagem. A porta do motorista se abriu, Tchick desceu. Ele colocou ambos os cotovelos sobre o capô e me assistiu regar o gramado.

"Ah", ele disse e depois ficou quieto durante um tempão. "Isso é divertido?"

16

Fiquei tenso durante todo o tempo, esperando que seu pai ou seu irmão ou sabe-se lá quem fosse descer atrás dele, mas ninguém mais saiu. Porque não havia mais ninguém dentro do carro. Era difícil enxergar através das janelas sujas.

"Você está parecendo uma bicha preocupada com o jardim que virou cagódromo durante a noite. Vamos dar um rolê ou você quer continuar esguichando um pouco?" Ele deu seu melhor sorriso de russo. "Entre, cara."

Mas é claro que não entrei. Afinal, não estava completamente doido. Apenas fui até lá, rapidinho, e me sentei meio de lado no banco do passageiro, porque não queria ficar dando muita bandeira na porta de casa.

Por dentro, o Lada parecia mais detonado do que por fora. Debaixo do volante havia cabos soltos, uma chave de fenda estava metida sob o painel.

"Caraca, você está lesado?"

"É apenas um empréstimo, nada de roubo", disse Tchick. "Depois eu devolvo. Nós já fizemos isso outras vezes."

"Nós quem?"

"Meu irmão e eu. Foi ele quem descobriu esse. A carroça está parada na rua e é praticamente ferro-velho. Dá para pegar emprestado. O proprietário nem percebe."

"E isso aí?" Apontei para a salada de cabos.

"Dá pra arrumar depois."

"Você está maluco. E as impressões digitais?"

"Que impressões digitais? É por isso que você está sentado o tempo todo desse jeito engraçado?" Ele sacudiu meus braços, que eu mantinha cruzados, tensos, diante do peito. "Não vá cagar na blusa. Isso de impressões digitais é papo de televisão. Aqui... pode pegar. Você pode pegar em tudo. Vamos dar uma volta."

"Estou fora." Encarei-o e, a princípio, não falei mais nada. Ele realmente estava lesado.

"Ontem você não disse que queria emoção?"

"Eu não estava me referindo à cadeia."

"Cadeia! Você não tem nem maioridade penal."

"Faça o que você quiser. Mas eu estou fora." Eu nem sabia, sinceramente, o que era maioridade penal. Bem, sabia mais ou menos. Mas não exatamente.

"Maioridade penal quer dizer: nada pode acontecer com você. Meu irmão diz para mim: Se eu fosse você, iria roubar um banco mais uma vez. Até você ter quinze. Meu irmão tem trinta. Na Rússia, eles te espancam até sair sete tipos de merda da cabeça — mas aqui! Além disso, a carroça realmente não interessa a ninguém. Nem mesmo ao proprietário."

"*No way.*"

"Uma volta no quarteirão."

"Não."

Tchick soltou o freio de mão e, sinceramente, não sei por que não desci. Afinal, sou mais para covarde. Mas, exatamente por isso, talvez, não quis ser covarde. Ele pisou no pedal bem à esquerda com o pé esquerdo e o Lada rolou sem fazer barulho de marcha a ré. Tchick apertou o pedal do meio, e o carro parou. Um toque na salada de cabos, o motor ligou e fechei os olhos. Quando os abri novamente, estávamos deslizando o Ketschendorfer Weg, entrando à direita na Rotraudstraße.

"Você não deu a seta", eu disse num fio de voz, os braços ainda cruzados sobre o peito. Eu estava quase morto, tamanho meu nervosismo. Depois, procurei o cinto de segurança.

"Não fique com medo. Eu dirijo feito um campeão mundial."

"Então dê a seta como um campeão mundial."

"Nunca dei seta."

"Como assim?"

"Para quê? As pessoas estão vendo para onde vou. E, além disso, não tem ninguém na rua."

Nisso ele tinha razão, a rua estava vazia. E ele continuou tendo razão por mais ou menos um minuto. Tchick virou duas vezes e, de repente, estávamos na alameda dos Cosmonautas. A alameda dos Cosmonautas tem quatro pistas. Fiquei definitivamente em pânico.

"O.k., o.k. E agora vamos voltar, por favor."

"Mika Häkkinen não dá nem para o gasto se comparado comigo."

"Você já disse isso."

"E não é verdade?"

"Não."

"Fala sério. Eu não dirijo bem?", perguntou Tchick.

"*Maravilha*", respondi. E lembrando que essa era a resposta-padrão da minha mãe para a pergunta-padrão do meu pai, completei: "Maravilha, querido".

"Não vá pirar agora."

Tchick não dirigia exatamente feito um campeão mundial, mas também não era uma catástrofe. Não muito melhor nem muito pior que meu pai. E ele voltou mesmo para o nosso pedaço.

"E será que você conseguiria seguir alguma regra de trânsito? Isso é a condição mínima."

"Você é bicha?"

"O quê?"

"Perguntei se você é bicha."

"Você está maluco?"

"Você disse *querido*."

"Eu disse... o quê? A gente chama isso de ironia."

"Então, você é bicha?"

"Por causa da ironia?"

"E porque você não se interessa pelas garotas." Ele me encarou.

"Olhe para a rua!", gritei, e devo confessar que, aos poucos, eu estava ficando histérico. Ele continuava dirigindo, sem olhar. Meu pai também fazia isso de vez em quando, mas meu pai era meu pai e ele tinha carteira de motorista.

"Todos na classe estão a fim da Tatjana. A finzaço."

"De *quem*?"

"Da Tatjana. A gente tem uma colega de classe que se chama Tatjana. Nunca prestou atenção? Tatjana superstar. Você deve ser o único que não olha para ela com tesão. Mas você não olha para nenhuma outra com tesão. Então, você é bicha? Estou perguntando por perguntar."

Achei que ia morrer.

"Não tenho nada contra", disse Tchick. "Tenho um tio em Moscou que anda o dia inteiro de calça de couro com a bunda de fora. Mas fora isso meu tio é gente fina. Trabalha pro governo. E ele não tem culpa por ser bicha. Eu realmente não tenho nada contra."

Porra. Eu também não tinha *nada contra* alguém ser bicha. Mesmo se minha imagem da Rússia não fosse a de que as pessoas andassem por lá com a bunda de fora. Mas que eu não dava a mínima para Tatjana Cosic, isso era piada. Ou? Porque, *claro* que eu não dava a mínima para ela. Qual a outra opção? Para um nada total, um sonífero perturbado, essa talvez fosse a única possibilidade de não se tornar completamente ridículo.

"Você é um idiota", eu disse.

"Eu consigo me virar com isso. O que importa é que você não queime a minha rosca."

"Pare, isso é nojento."

"Meu tio..."

"Estou cagando pro seu tio! Não sou bicha, cara. Você ainda não percebeu que estou o tempo todo de bode?"

"Por que eu não dou seta?"

"Não! Porque não sou bicha, seu babaca!"

Tchick me olhou desentendido. Fiquei quieto. Não queria explicar. Não queria nem ter dito isso, simplesmente saiu. Nunca tinha falado dessas coisas com ninguém antes, e não queria começar agora.

"Não entendo. É pra entender?", Tchick perguntou. "Você não é bicha porque está cagando pra isso ou o quê? Hã?"

Magoado, olhei pela janela. Mas já era um bom sinal eu não estar nem mais ligando que tínhamos acabado de parar num farol vermelho, que dois aposentados nos encararam pelo para-brisa e, em seguida, a polícia iria atrás da gente. Eu até queria que a polícia fosse atrás da gente. Daí finalmente aconteceria alguma coisa.

"Ou seja, está de bode. Por quê?"

"Porque hoje é *o dia*, cara."

"Que dia?"

"A festa, seu babaca. A festa da Tatjana."

"Você não precisa ficar enrolando agora só porque é um desorientado sexual. Ontem você nem queria ir."

"Como eu não queria ir?"

"Não tenho nada contra", disse Tchick, colocando uma mão sobre o meu joelho. "Seus problemas sexuais não me interessam nem um pingo, e eu também não vou ficar falando deles por aí, juro."

"Posso provar", eu disse. "Você quer que eu prove?"

"Provar pra mim que você não é bicha? Rá-rá-rá." Ele afastou umas moscas invisíveis com a mão.

Dessa vez, Tchick não estacionou bem na frente de casa, mas numa pequena rua lateral, sem saída, onde ninguém nos veria descer, e quando finalmente estávamos dentro de casa e Tchick não parava de me olhar, como se tivesse descoberto sei lá o que a meu respeito, eu disse: "Não diga que sou responsável por aquilo que você vai ver agora. E não ria. Se você rir...".

"Não estou rindo."

"A Tatjana é fanzaça da Beyoncé, você sabe disso?"

"Sim, claro. Eu teria roubado um CD para ela, caso tivesse sido convidado."

"É. Bem... é isso aqui."

Tirei o desenho da gaveta. Tchick o pegou na mão, segurou-o diante de si com os braços esticados e encarou-o. Mas, a princípio, ele prestou menos atenção no desenho do que no verso, onde eu tinha colado com capricho o rasgão usando fita adesiva, de modo que na frente a avaria era quase imperceptível. Ele observou atentamente o papel, depois mais uma vez o desenho, e disse: "Você tem sentimentos".

Ele falou sério, sem tirar sarro. Achei isso muito decente. E foi a primeira vez que pensei: Esse cara não é tão idiota assim. Tchick tinha visto o rasgão e percebido de cara o que tinha acontecido. Acho que não conheço muita gente que teria percebido isso de cara. Tchick me olhou sério, e eu gostei disso. Ele era alguém que podia ser muito engraçado. Mas, dependendo da hora, não era engraçado, mas sério.

"Quanto tempo você gastou? Três meses? Parece uma foto. E o que você vai fazer com isso agora?"

"Nada."

"Mas você tem de fazer alguma coisa."

"Fazer o quê? Ir até a Tatjana e dizer: Parabéns, aqui está meu presentinho pelo seu aniversário — e não faz mal que não fui convidado, embora todos os outros babacas tenham sido, estou falando sério, não faz mal. E só estou passando aqui por acaso, já estou de saída... divirta-se com o desenho, eu ralei três meses nele. É isso?"

Tchick pigarreou. Ele colocou o desenho sobre a escrivaninha, olhou para ele, balançando a cabeça, tornou a me encarar e disse: "Eu faria exatamente assim".

17

"Sério, você tem de fazer alguma coisa. Se não fizer, vai ficar maluco. Vamos dar uma passada lá de carro. Não importa se você acha que é constrangedor. Depois de um Lada roubado, nada mais é constrangedor. Vista sua jaqueta bacana, pegue o seu desenho e sente a bunda no carro."

"*Never*."

"Vamos esperar até escurecer e depois você vai sentar sua bunda no carro."

"Nada disso."

"E por que não?"

"Não fui convidado."

"Você não foi convidado! E daí? Eu também não fui convidado. E você sabe por quê? Claro, o merdinha do russo não foi convidado. Mas você sabe por que *você* não foi convidado? Está vendo... você não sabe. Mas eu sei."

"Então diga, sabichão. Porque sou um babaca e feio pra caramba."

Tchick balançou a cabeça. "Você não é feio pra caramba. Ou talvez você seja feio pra caramba. Mas não é isso. O motivo é: não existe absolutamente nenhum motivo para convidar você. Você não chama a atenção. Você precisa chamar a atenção, cara."

"O que você quer dizer com chamar a atenção? Chegar bêbado todos os dias na escola?"

"Não. Meu Deus! Mas se eu fosse você e tivesse sua cara, morasse aqui e usasse essas roupas, então já teria sido convidado umas cem vezes."

"Você precisa de roupa?"

"Não mude de assunto. Assim que escurecer, vamos até Werder."

"*Never.*"

"Não vamos entrar na festa. Vamos só passar na frente."

Que ideia pra lá de cretina. A bem da verdade, eram três ideias no pacote, e todas eram cretinas: aparecer sem ter sido convidado, cruzar Berlim com o Lada e — a mais cretina de todas — levar o desenho. Pois uma coisa estava clara: Tatjana também iria perceber qual era o lance desse desenho. Eu não queria ir lá de jeito nenhum.

Enquanto Tchick me levava até Werder, fiquei falando o tempo todo que não queria ir. Primeiro, disse que ele devia dar meia-volta, eu tinha mudado de ideia, daí afirmei que não sabíamos o endereço exato e depois jurei que não desceria do Lada em hipótese nenhuma.

Durante todo o caminho, mantive as mãos sob as axilas. Dessa vez, não por causa das digitais, mas porque senão elas não parariam de tremer. Beyoncé estava na minha frente, no painel, e também tremia.

Apesar de todo o nervosismo, percebi que Tchick estava dirigindo com mais cuidado do que pela manhã. Ele evitava as ruas de mão dupla e tirava o pé do acelerador ainda bem longe dos faróis vermelhos, para que não ficássemos parados e as pessoas pudessem olhar para dentro do carro. Tivemos de parar no meio-fio uma vez porque começou a chover e o limpador não funcionava. Mas aí já estávamos quase fora de Berlim. O céu estava despencando. Foi só por cinco minutos, uma trovoada. Depois o ar ficou com um cheiro ótimo.

Olhei pelo para-brisa, sobre o qual o vento contrário empurrava as gotas, e pela primeira vez percebi como era estranho rodar num carro que não era da gente, transitar pelas ruas, circular pela noite de Berlim e depois sair da cidade, passando por postos de gasolina solitários e seguindo as placas até Werder. De repente, o sol vermelho surgiu de debaixo de nuvens pretas. Não abri mais a boca e Tchick também não falou mais nada, e eu me sentia aliviado por ele estar tão decidido a chegar na festa onde eu não queria ir. Durante três meses, não pensei em outra coisa — e agora tinha chegado a hora, e eu iria aparecer diante da Tatjana e passar o maior carão.

Não foi difícil achar a casa. Se tivéssemos percorrido as ruas ao acaso nas margens do rio Havel, provavelmente também a teríamos achado, mas logo depois da entrada da cidade apareceram dois caras de *mountain bikes* com sacos de dormir diante de nós — André e mais algum idiota. Tchick andou atrás deles mantendo uma distância segura, e logo vimos a casa. Pintada de vermelho, o jardim da frente cheio de bicicletas, uma gritaria que subia do lago. Só mais cem metros de distância. Escorreguei do meu banco para o espaço dos pés, enquanto Tchick baixava o vidro e colocava um cotovelo para fora, descontraído, passando diante da turma toda a dez quilômetros por hora. Havia mais ou menos uma dúzia de pessoas no jardim da frente e, junto à porta aberta da casa, mais pessoas com copos, garrafas, celulares e cigarros nas mãos. Uma multidão no jardim de trás. Rostos conhecidos e desconhecidos, garotas produzidíssimas das outras classes. E, como um sol no centro, Tatjana. Ela pode não ter convidado os caras mais babacas e os russos, mas fora isso chamou todos os que tinham duas pernas. Aos poucos, a casa ficou para trás. Ninguém nos viu, e me toquei que eu não tinha bolado nenhum tipo de plano de como dar o desenho para Tatjana. Pensei seriamente em jogá-lo pela janela durante a viagem. Alguém iria achá-lo e poderia levá-lo até ela. Mas antes de eu fazer alguma coisa cretina, Tchick freou e desceu. Decepcionado, fiquei olhando para ele. Não sei se estar apaixonado é sempre tão constrangedor, mas tudo indica que não tenho muito talento para a coisa. Enquanto eu lutava comigo mesmo para ver se me afundava de vez no espaço para os pés e puxava a jaqueta sobre a cabeça ou voltava para o banco e fazia uma cara de paisagem, um rojão subiu ao céu de trás da casa vermelha, explodindo em vermelho e amarelo, e quase todos correram para ver os fogos no jardim. Só André com sua *mountain bike* e Tatjana, que veio cumprimentá-lo, ainda estavam na calçada.

E Tchick.

Tchick estava bem na frente deles. Eles o encararam como se não o reconhecessem, e provavelmente não o estavam reconhecendo mesmo. Pois Tchick estava usando meus óculos escuros. Além disso, estava com um jeans meu e minha jaqueta cinza. Passamos o dia inteiro revirando meu guarda-roupas, e eu dei a ele três pares de calças, algumas camisas, um pulôver e mais umas coisas. O resultado: ele não se parecia mais com o último dos fodidos russos, e sim com um cabide de roupas de novela. E isso não é para ser um insulto. Mas ele simplesmente não estava mais parecido com ele mesmo, e seu cabelo ainda tinha uma boa quantidade de gel. Pude ver como ele se dirigiu a Tatjana e ela respondeu, irritada. Por trás das costas, Tchick acenou para mim. Desci do carro como se estivesse hipnotizado, e o que aconteceu então, não me pergunte. Não sei mais. De repente, eu estava com meu desenho ao lado da Tatjana, e acho que ela estava olhando para mim com a mesma irritação que antes tinha dirigido a Tchick. Mas, na realidade, não vi.

Eu disse: "Aqui".

Eu disse: "Beyoncé".

Eu disse: "Um desenho".

Eu disse: "Pra você".

Tatjana fixou os olhos no desenho, e antes de conseguir erguer os olhos, escutei Tchick falando para o André: "Negativo, sem tempo. Temos um compromisso". Ele me deu uma cotovelada, voltou para o carro, e eu atrás — o motor foi ligado e tchau. Eu esmurrava meus punhos contra o painel, enquanto Tchick engatava a segunda e descia a rua, que era sem saída, a toda.

"É para eu mostrar pra eles?", ele perguntou.

Não respondi. Não conseguia.

"É para eu mostrar pra eles?", Tchick perguntou.

"Faça o que você quiser!", gritei. Eu estava aliviado.

Tchick foi voando até o final do beco, virou o volante para a direita e depois para a esquerda, puxou o freio de mão e deu um giro de cento e oitenta graus no meio da rua. Quase saí voando pela janela.

"Não é sempre que dá certo", disse Tchick, orgulhoso. "Não é sempre que dá certo."

Ele acelerou na altura da casa vermelha, e do canto do olho vi como eles ainda estavam em pé na calçada. O tempo parecia ter parado. Tatjana com o desenho na mão, André com a *mountain bike,* e Natalie, que tinha acabado de vir dos fundos, pelo jardim.

O Lada entrou na próxima curva a sessenta por hora, e meus punhos esmurravam o painel.

"Pisa fundo!", gritei.

"É o que eu estou fazendo."

"Pisa mais fundo!", gritei, olhando ao mesmo tempo para minhas mãos de boxeador. Alívio não passa nem perto de explicar o que senti.

18

Desci o corredor escuro, estreito, onde não dava para reconhecer muita coisa, depois à esquerda na passagem com os corrimãos de ferro, e pressionei minhas costas contra a parede, mantendo em vista os dois tanques e a abertura da porta. Vi Tchick fazer uma curva correndo, me grudei nos seus calcanhares e consegui perceber, mesmo pelas costas, como ele estava sem saber o que fazer. Mas ele corria feito um maluco, pelo menos havia três minutos, sem notar que eu já estava atrás dele. Ele parou num campo aberto. Ergui a *shotgun* e atirei nas suas costas. Um jorro de sangue espirrou dele, e ele caiu no chão e não se mexeu mais. "Merda", ele disse. "Onde você está o tempo todo? Eu não consigo te enxergar." Mudei para a *chain gun*, cutuquei um pouco no cadáver dele e dei uns pulinhos em círculo.

"Tudo bem, tudo bem. É, fique frio. Puxa." Tchick apertou a tecla para reiniciar, mas não tinha jeito. Ele não dispunha de nenhum mapa do terreno. Dava para ficar andando horas atrás dele, sem que ele percebesse, e todas as vezes eu atirava nele feito um patinho no estande de tiro. Eu era tipo um campeão mundial no Doom, e Tchick realmente não tinha chance.

Ele foi buscar uma cerveja.

"E se a gente simplesmente se mandar?", ele perguntou.

"O quê?"

"Tirar férias. Afinal, não temos nada pra fazer. Vamos tirar férias como gente normal."

"Do que você está falando?"

"Pegar o Lada e tchau."

"Isso não é exatamente o que gente *normal* faz."

"Mas a gente podia, não é?"

"Negativo. Aperte o *start*."

"Por que não?"

"Negativo."

"Se eu te pegar", disse Tchick. "Digamos, se eu te pegar em cinco jogadas. Ou em dez jogadas. Em dez."

"Você não me pega nem em cem."

"Em dez."

Ele se esforçou. Meti uma mão cheia de batatas na boca, esperei até ele estar com a serra de dentes e deixei que ele me esfacelasse.

"Sério", eu disse. "Vamos fazer de conta que a gente fecha o combinado."

Estávamos jogando quase durante todo o dia. Tínhamos ido à piscina duas vezes. Tchick me contou do seu irmão e daí ele encontrou a cerveja na geladeira e resolveu catar três garrafas. Também tentei tomar uma. Eu já tinha provado cerveja muitas vezes, mas nunca tinha gostado, e nem agora. Apesar disso, consegui entornar três quartos da garrafa. Mas não fez efeito em mim.

"E se nos delatarem?"

"Eles não vão nos delatar. Além disso, se quisessem, já teriam feito isso faz tempo e a polícia estaria aqui. Não sabem nem que o Lada é roubado. Eles nos viram no máximo por dez segundos, certamente estão pensando que o carro é do meu irmão ou algo assim."

"E para onde você quer ir?"

"Tanto faz."

"Se a gente vai se mandar, então não seria nada mal saber para onde."

"Podemos visitar meus parentes. Tenho um avô na Valáquia."

"E onde ele mora?"

"Como assim onde ele mora? Na Valáquia."

"É perto daqui?"

"O quê?"

"Em algum lugar fora da cidade?"

"Não em *algum lugar* fora da cidade, cara. Na Valáquia."

"Mas é a mesma coisa."

"O que é a mesma coisa?"

"Algum lugar fora da cidade e a Valáquia são a mesma coisa."

"Não estou entendendo."

"É só uma *palavra*, cara", eu disse, e bebi o resto da minha cerveja. "Valáquia é só uma palavra! Assim como Seilaondenópolis. Ou Pequepê."

"Minha família é de lá."

"Achei que você vinha da Rússia."

"Sim, mas uma parte também é da Valáquia. Meu avô. E minha tia-avó e meu bisavô e... O que tem de tão engraçado nisso?"

"É que fica parecendo que seu avô mora na Pequepê. Ou em Seilaondenópolis."

"E o que tem de tão engraçado nisso?"

"Pequepê não existe, cara! Pequepê quer dizer: Na putaqueopariu, bem, bem longe. E a Valáquia também não existe. Se você diz que alguém mora na Valáquia, isso quer dizer: mora é nos pampas."

"E os pampas também não existem?"

"Não."

"Mas meu avô mora lá."

"Nos pampas?"

"Você enche, sério. Meu avô mora em algum lugar no cu do mundo, num país que se chama Valáquia. E amanhã nós vamos pra lá."

Ele tinha ficado supersério de novo e eu também fiquei sério. "Conheço cento e cinquenta países do mundo, inclusive as capitais", eu disse, e tomei um gole da garrafa de cerveja de Tchick. "Não existe Valáquia."

"Meu avô é legal. Ele tem dois cigarros na orelha. E só um dente. Estive lá quando tinha uns cinco."

"O que você é afinal? Russo? Valaquiano ou o quê?"

"Alemão. Tenho passaporte."

"Mas de onde você vem."

"De Rostow. Fica na Rússia. Mas a família é de todo o lugar. Alemães do Volga. Alemães étnicos. E suábios do Banato, valaquianos, ciganos judeus..."

"O quê?"

"O que o quê?"

"Ciganos judeus?"

"É, cara. E suábios e valaquianos..."

"Não existe."

"O que não existe?"

"*Ciganos judeus*. Você está falando merda. Você está o tempo todo falando merda."

"Nada disso."

"Ciganos judeus é como franceses ingleses! Não existe."

"Claro que não existem franceses ingleses", disse Tchick. "Mas há judeus franceses. E também há ciganos judeus."

"Judeus ciganos."

"Exatamente. Eles têm um treco daqueles na cabeça, ficam andando pela Rússia e vendem tapetes. Você sabe, aqueles com o treco na cabeça. Quipá. Quipá na cabeça."

"Quipá na bunda. Não acredito em nem uma palavra."

"Você não conhece aquele filme com o Georges Aznavour?" Agora, Tchick queria me convencer de verdade.

"Filme é filme", interrompi. "Na vida real, você só pode ser cigano ou judeu."

"Mas cigano não é religião, cara. Judeu é religião. Cigano é alguém sem casa."

"Os sem-casa são, por acaso, os berberes."

"Os berberes são tapetes."

Pensei um tempão e, quando finalmente perguntei ao Tchick se ele era realmente um cigano judeu e ele fez que sim com a cabeça, acreditei nele.

Mas não acreditei na conversa fiada do avô dele. Isso eu sabia, a Valáquia era apenas uma palavra. Mostrei de cem maneiras para o Tchick que a Valáquia não existia, e senti como minhas palavras ganhavam em persuasão quando eu fazia uns gestos grandiosos com os braços ao mesmo tempo. Tchick repetiu os mesmos gestos e foi buscar mais cerveja. Perguntou se eu também queria mais uma. Mas a bebida não fazia efeito em mim, e preferi uma Coca.

Emocionado, observei uma mosca andando pela mesa. Tive a impressão que essa mosca também estava emocionada porque eu estava emocionado. Eu nunca tinha conversado tão bem assim antes. Tchick colocou duas garrafas sobre a mesa e disse: "Você vai ver. Meu avô, minha tia-avó, dois primos e quatro primas, as primas lindas feito orquídeas... você vai ver".

Realmente comecei, aos poucos, a dar tratos à bola. Mas mal Tchick foi embora, as primas e todo o resto foram envolvidos pela neblina e sumiram. O que restou foi uma sensação ruim. Uma sensação miseravelmente ruim. Porém isso não tinha nada a ver com Tchick. Tinha a ver com a Tatjana. Com o fato de eu não fazer a mínima ideia do que ela estava pensando agora a meu respeito, e que eu talvez nunca fosse descobrir; eu nesse momento teria realmente dado alguma coisa para estar na Valáquia ou em algum outro lugar no mundo, só não em Berlim.

Antes de ir para a cama, abri mais uma vez o computador. Encontrei quatro e-mails do meu pai, que estava reclamando por eu ter desligado o celular e também não atender o telefone de casa, e eu tinha de pensar em umas desculpas quaisquer para ele e explicar que tudo estava correndo às mil maravilhas por aqui. O que era o caso. E como eu não estava nem um pouco a fim desses e-mails e estava sem nenhuma inspiração, procurei "Valáquia" na Wikipedia. E daí comecei a dar tratos à bola *de verdade.*

19

Madrugada de domingo. Quatro horas, disse Tchick, era o melhor horário. Quatro da manhã. Quase não dormi, só tirei uns cochilos durante metade da noite e estava absolutamente desperto ao escutar passos no terraço. Corri até a porta e lá estava Tchick com uma mochila de marinheiro na escuridão. Nós sussurramos, embora não houvesse nenhum motivo para sussurrar. Tchick largou a mochila no corredor, e daí nos mandamos.

Na volta de Werder, ele tinha estacionado de novo o Lada na rua onde supostamente o carro ficava o tempo todo, distante apenas dez minutos da nossa casa. Bem na frente dos nossos pés, uma raposa corria na direção do centro. Um carro da limpeza urbana zuniu por nós, uma aposentada com tosse veio ao nosso encontro. No fundo, a gente chamava mais atenção do que chamaria durante o dia. A trinta metros do Lada, Tchick me deu o sinal para ficar parado, me escondi num arbusto e senti o coração bater. Tchick catou uma bolinha de tênis amarela do bolso. Ele pressionou a bolinha sobre a maçaneta do Lada e bateu nela com a mão espalmada. Não conseguia imaginar a utilidade disso, mas Tchick cochichou: "Profissionais em ação!", e abriu a porta. Ele acenou para que eu viesse.

Daí ele ficou mexendo novamente com os cabos, deu partida no carro e tentou sair da vaga, batendo o para-choque da frente e de trás. Eu estava todo encolhido no banco do passageiro, examinando a bolinha de tênis. Uma bolinha totalmente normal com um buraco do tamanho de um dedo.

"E isso funciona com qualquer carro?"

"Não com todos. Mas com trava elétrica — e pulso negativo." Ele conseguiu se desvencilhar da vaga, eu apertava a bolinha na minha mão e não conseguia entender. Russos, pensei.

Dez minutos mais tarde, o Lada estava carregado. Nossa garagem tem um acesso direto para a casa, e carregamos para lá tudo o que parecia necessário. Primeiro o pão, pão sueco e pastinhas para passar no pão e mais outras pastas e latas de conservas, porque pensamos que talvez tivéssemos de comer alguma coisa, às vezes. Para isso, precisaríamos também de pratos, facas e garfos. Levamos também uma barraca de três pessoas, sacos de dormir e colchonetes. Tiramos os colchonetes logo em seguida e os trocamos por colchões de ar. Aos poucos, metade da casa tinha sido transferida para o carro, e em seguida começamos a tirar tudo lá de dentro de novo: afinal, a gente não precisa da maioria das coisas. Foi um vai e vem enorme. Brigamos, por exemplo, na hora de decidir se precisaríamos dos patins ou não. Se a gasolina acabasse, dizia Tchick, então a gente podia usá-los para ir até o posto, mas se fosse por aí, era melhor levar logo a bicicleta dobrável, eu dizia. Ou fazer a viagem de bicicleta. Bem no final, tivemos a ideia de levar uma caixa de água, e essa acabou sendo a melhor ideia de todas. Ou a única, na verdade. Porque todo o resto foi pura bobagem. Raquetes de peteca, uma pilha imensa de mangás, quatro pares de sapatos, uma mala de ferramentas do meu pai, seis pizzas congeladas. Mas não levamos celulares. "Para que nenhum boqueteiro consiga nos achar", disse Tchick.

E nem CDs. Embora o Lada tivesse uns alto-falantes imensos na parte de trás, só havia um toca-fitas caindo aos pedaços, e que estava aparafusado debaixo do porta-luvas. Devo dizer que fiquei bem aliviado em não ter de escutar a Beyoncé também no carro. E claro que levamos os duzentos euros e mais todo o dinheiro que eu tinha, embora eu não soubesse direito o que faríamos com aquilo. Na minha imaginação, andaríamos por regiões sem vivalma, praticamente desertas. Eu não tinha prestado muita atenção na Wikipedia sobre qual era a da Valáquia. Mas achava um tanto improvável que acontecesse muita coisa lá.

20

Eu tinha pendurado meu braço para fora da janela e deitado a cabeça em cima. Andamos a trinta por hora entre gramados e campos, sobre os quais o sol nascia devagar, em algum lugar atrás de Rahnsdorf, e isso foi a coisa mais bonita e rara que já tinha me acontecido. O que exatamente era raro é difícil de dizer, pois afinal tratava-se apenas de uma viagem de carro, e eu já tinha andado muitas vezes de carro. Mas existe uma diferença entre estar sentado ao lado de adultos que conversam sobre concreto lavado e Angela Merkel e estar sentado sem eles ali e sem ninguém conversando. Tchick tinha se pendurado na janela do seu lado e dirigia o carro com a mão direita enquanto passava por uma pequena elevação. Era como se o Lada andasse sozinho pelos campos, era um andar completamente diferente, um outro mundo. Tudo era maior, as cores mais saturadas, os sons *dolby surround*, e — falando sério — eu não me surpreenderia se de repente Tony Soprano, um dinossauro ou uma nave espacial aparecesse diante de nós.

Tínhamos saído de Berlim pelo caminho mais direto, deixando o trânsito da manhã atrás de nós, e andávamos pelos subúrbios e caminhos afastados e estradas vazias. A primeira coisa que percebemos é que não tínhamos mapa. Só um guia de ruas de Berlim.

"Mapas são para mulherzinhas", disse Tchick, e é claro que ele tinha razão. Mas já despontava como um problema saber como chegaríamos até a Valáquia quando não sabíamos nem onde é Rahnsdorf. Por essa razão, a princípio tomamos a direção sul. É que a Valáquia fica na Romênia, e a Romênia é no Sul.

O próximo problema era que não sabíamos onde é o Sul. Pesadas nuvens de trovoada já tinham se formado pela manhã e não dava mais para ver o sol. Lá fora fazia pelo menos quarenta graus. Estava ainda mais quente e abafado que o dia anterior.

Eu tinha um chaveiro com uma pequena bússola que ganhei numa máquina de chicletes, mas no carro, não sei o motivo, a bússola não apontava para o sul, e mesmo do lado de fora ela se mexia a seu bel-prazer. Fizemos uma parada especialmente para checar isso, e quando entrei de novo no carro, percebi que havia algo sob o tapete — uma fita cassete. Ela se chamava *The solid collection of Richard Clayderman*, e na verdade não se tratava de música, antes uns sons de piano, Mozart. Mas não tínhamos opção, e como não sabíamos se havia mais coisa na fita, resolvemos ouvi-la. Quarenta e cinco minutos. Um porre. Mas tenho de admitir: depois de vomitar um monte por causa do *Ritcharrd* e seu piano, escutamos também o outro lado, com o mesmíssimo som, e isso ainda era melhor do que nada. Sério, não falei para o Tchick e agora também não me sinto confortável em dizer, mas essa merda de plim-plim-plim me tirou completamente do sério. Tive de ficar pensando o tempo todo na Tatjana e em como ela olhou para mim quando lhe dei o desenho, e daí a gente voava pela estrada ao som de "Ballade pour Adeline".

Acabamos nos enrolando num dos acessos da estrada, e Tchick, que sabia dirigir mais ou menos, mas que ainda não tinha circulado por uma *Autobahn* alemã, estava dando voltas feito um doido. Para entrar numa faixa específica, ele meteu o pé no freio, voltou a acelerar, freou de novo e foi camelando bem devagar pelo acostamento, até conseguir chegar do lado esquerdo. Graças a Deus ninguém bateu na gente. Fiquei com as pernas esticadas, pressionando meus pés com força na frente, e pensei que se a gente morresse agora, a culpa é do Ritcharrd e do seu piano. Mas a gente não morreu. O plim-plim-plim do piano subia a novas alturas a cada vez, e concordamos que depois da próxima saída iríamos percorrer apenas estradas secundárias e caminhos entre os campos. Outro problema: de repente apareceu à nossa esquerda na estrada um homem numa Mercedes preta, que nos deu uma encarada e começou a acenar feito um maluco. Ele mostrava uns números com os dedos e levantava seu celular, como se estivesse anotando nossa placa. Isso me derrubou, mas Tchick simplesmente deu de ombros e fez de conta que estava *agradecido* ao homem pelo fato de ele ter nos avisado que nosso farol ainda estava aceso, e depois o perdemos no trânsito.

Realmente Tchick parecia ter um pouco mais de catorze anos. Mas nunca dezoito. Também não sabíamos qual era sua aparência em movimento através dos vidros sujos. Para checar, fizemos alguns testes numa trilha isolada. Fiquei do lado de fora, e Tchick passou por mim umas vinte vezes para eu conseguir dizer de que jeito ele parecia mais crescido. Ele colocou ambos os sacos de dormir como almofadas sobre o assento do motorista, voltou a pegar meus óculos escuros, meteu-os no cabelo, pôs um cigarro no canto da boca e, por fim, colou uns pedaços de fita isolante preta no rosto para simular uma barba *à la* Kevin Kurányi. Entretanto, não ficou parecido com o Kevin Kurányi, mas sim com um garoto de catorze anos que colou fita isolante no rosto. No fim, ele arrancou tudo e grudou um pedacinho pequeno, quadrado, de fita adesiva debaixo do nariz. Assim, ficou com cara de Hitler, mas realmente era o melhor efeito visto de alguma distância. E como estávamos mesmo na antiga Alemanha Oriental, isso não geraria conflitos.

Restava o problema da orientação. Dresden apareceu numa placa. Era muito provável que Dresden ficasse no Sul, e por isso tomamos essa direção. Mas quando tínhamos de escolher entre dois caminhos, tomávamos, se possível, o menor deles com menos carros, e logo havia cada vez menos placas indicativas, e elas apontavam sempre para a próxima cidade, e não para Dresden. Se pegarmos para Burig, vamos na direção sul ou chegamos em Freienbink? Jogamos uma moeda. Tchick gostou da solução da moeda e disse que, a partir daquele momento, seguiríamos apenas a moeda. Cara para a direita, coroa para a esquerda, e se ela parasse em pé, em frente. Lógico que a moeda nunca parava em pé, e simplesmente não conseguíamos mais avançar. Por isso, logo desistimos da moeda e passamos a andar sempre direita-esquerda-direita-esquerda, o que eu tinha sugerido, mas isso também não era muito melhor. A gente acha que se alternar sempre a direita com a esquerda não dá para andar em círculo, mas nós conseguimos. Ao toparmos pela terceira vez com uma placa de indicação de caminho, que apontava à esquerda para Markgrafpieske e à direita para Spreenhagen, Tchick teve a ideia de só seguir para cidades que começassem com M ou com T. Mas eram muito poucas as desse tipo. Sugeri escolher apenas cidades com um número primo na indicação de quilômetros, mas em *Bad Freienwalde 51 km* entramos errado, e quando descobrimos o erro (três vezes dezessete), já estávamos sei lá onde.

Finalmente o sol apareceu. O caminho se bifurcava num milharal. Bem à esquerda havia uma pavimentação infinita com paralelepípedos, à direita era areia infinita. Brigamos sobre qual caminho levava mais para o sul. O sol não estava bem no meio. Era pouco antes das onze.

"O sul é lá", disse Tchick.

"Lá é o leste."

Descemos e comemos algumas bolachas de chocolate, que já estavam meio derretidas. Os insetos no milharal faziam um barulho terrível.

"Você sabe que dá para determinar a direção do céu com um relógio?" Tchick tirou seu relógio. Um modelo russo, antigo, ainda de corda. Ele o segurou no meio de nós, mas eu não sabia o que fazer, nem ele. Certamente era preciso apontar um ponteiro para o sol e daí o outro apontaria para o norte ou algo assim. Mas um pouco antes das onze os dois ponteiros apontavam para o sol, e estava claro que esse não era o norte.

"Talvez ele também aponte para o sul", disse Tchick.

"E às onze e meia o sul vai aparecer?"

"Ou então é por causa do horário de verão. No verão, não funciona. Vou colocar uma hora para trás."

"E o que isso muda? Numa hora, o ponteiro dá uma volta. A direção do céu não fica girando o tempo todo."

"Mas se a bússola dá voltas — talvez seja uma bússola volteadora."

"Uma bússola volteadora!"

"Você nunca ouviu falar de bússola volteadora?"

"Bússola de círculos não existe, é bússola giroscópica que se chama. Ela não fica girando", disse eu. "Ela tem algo a ver com álcool. Tem álcool nela."

"Você está me gozando."

"Li num livro, os caras são pegos pela correnteza e daí um marujo abre a bússola giroscópica porque é alcoólatra, e em seguida eles perdem totalmente a orientação."

"Não parece ser exatamente um livro técnico."

"Mas é verdade. O livro se chamava, acho, *O urso do mar*. Ou *O lobo do mar*."

"Você está querendo dizer *O lobo da estepe*. Também fala de drogas. Meu irmão lê essas coisas."

"Lobo da estepe é o nome de uma banda canadense, *Steppenwolf*", disse eu.

"Bem, eu diria que se a gente não sabe direito onde fica o sul, então vamos tomar a pista de areia", disse Tchick colocando de volta o relógio. "Tem menos agito."

E, como sempre, ele tinha razão. Foi uma boa decisão. Durante uma hora, não encontramos nenhum carro. Agora estávamos num lugar qualquer, onde não havia nem mais casas no horizonte. Abóboras apareceram sobre um campo, tão grandes quanto bolas de Pilates.

21

O vento soprou, o vento parou. Mais uma vez o sol desapareceu atrás de nuvens escuras, e duas gotas de chuva caíram sobre o para-brisa. As gotas eram tão grandes que quase todo o vidro ficou molhado. Tchick acelerou, árvores altas curvavam-se em razão do vento, e de repente uma rajada quase arrastou nosso carro para o outro lado da via. Tchick entrou numa trilha esburacada entre dois campos de trigo. O plim-plim-plim do piano se tornou mais dramático e, depois de um quilômetro, o caminho terminava no meio do campo.

"Eu é que não vou voltar agora", disse Tchick avançando, sem frear. As hastes estalavam contra a lataria e as portas. Tchick deixou o carro rolar no trigal, reduziu a marcha e pisou no acelerador. O motor começou a puxar devagarinho, e o capô, como um limpador de neve, dividia o mar de trigo amarelo. Embora o Lada fizesse barulhos estranhos, ele conseguiu cruzar o campo quase sem esforço. Apenas a orientação era difícil, não dava para enxergar direito acima das hastes. Sem horizonte. Uma terceira gota de chuva caiu sobre o vidro. O trigal tinha uma ligeira subida. Percorríamos pequenas curvas e trechos sinuosos e topamos com uma picada que havíamos aberto minutos antes. Sugeri que Tchick deveria tentar escrever nossos nomes no trigal, de modo que fosse possível lê-los do alto de um helicóptero ou, mais tarde, no Google Earth. Perdemos nossa referência já no momento de cortar o "T". Simplesmente continuamos andando, subindo cada vez mais uma elevação, e quando chegamos bem em cima, o campo tinha terminado de repente. Tchick freou no último segundo. A traseira do Lada ainda estava em terra firme, a dianteira olhava para a paisagem. Diante de nós surgiu um pasto de um verde muito intenso e com um declive acentuado, abrindo a vista para campos sem fim, grupos de árvores e pequenas estradas, colinas e sequências de colinas e montanhas, prados e floresta. No horizonte concentravam-se as nuvens. Dava para enxergar relâmpagos sobre uma torre de igreja, distante, mas o silêncio era mortal. A quarta gota de chuva bateu contra o vidro. Tchick desligou o motor. Eu desliguei o Clayderman.

Durante alguns minutos, ficamos apenas observando. Nuvens menores, mais claras, voavam debaixo das negras. Algumas parecidas com véus azul-acinzentados passavam sobre as cadeias de colinas distantes, sobre as cadeias de colinas próximas. As nuvens se erguiam e vinham em nossa direção feito uma valsa.

"*Independence Day*", disse Tchick.

Pegamos pão, Coca-cola e geleia, e enquanto ainda estávamos ocupados em montar o piquenique no nosso carro, escureceu. Era o começo da tarde, mas escureceu como se fosse noite. Logo depois enxerguei uma vaca caindo no pasto. Primeiro pensei que havia me enganado, mas Tchick também viu. Todas as outras vacas tinham virado a bunda na direção do vento, mas essa uma tinha simplesmente caído. Durante um minuto não aconteceu nada, agora não dava nem mais para ler o rótulo da garrafa de Coca-cola. Daí um cântaro de água se espatifou contra o para-brisa e a chuva começou a despencar feito uma parede.

Durou horas. Relampejava, trovejava e chovia. Um galho com folhas, da grossura de um braço, voava pelo vale, como se uma criança estivesse empinando pipa. À noite, quando a chuva finalmente cessou e nós descemos do carro, o trigal estava todo devastado e os pastos na nossa frente tinham se transformado em brejo. Era impossível continuar com o carro, teríamos atolado. E, por essa razão, passamos nossa primeira noite sobre a colina, deitados nos bancos do carro. Não foi muuuito confortável, mas não dispúnhamos de grandes alternativas no barro lá fora.

22

Eu mal dormi, e o bom disso foi que com o primeiro raio de luz já enxerguei o camponês que campeava o vale com um trator. Não sei se ele tinha nos visto, mas acordei Tchick, que ligou o carro imediatamente. Escorregamos para trás mais do que andamos na marcha a ré colina abaixo através do trigal. Depois voltamos para a estrada e vazamos.

Nesse meio-tempo, as bolachas de chocolate tinham se tornado comestíveis novamente, e depois de termos tomado café com elas, Tchick tentou me ensinar a dirigir numa várzea na beira da floresta. No começo, eu não estava muito animado com a coisa, mas Tchick achava que era ridículo roubar carros sem saber dirigi-los. Além disso, ele afirmava que o que eu tinha era apenas medo, o que era verdade.

Tchick deu uma primeira volta como se fosse uma demonstração, e prestei atenção ao que ele fazia, em quais pedais pisava e como engatava as marchas. Embora eu tivesse visto meus pais fazendo isso várias vezes, nunca tinha olhado com atenção. Não sabia bem direito nem qual pedal era qual.

"O da esquerda é a embreagem. Esse você tem de soltar bem devagarinho e, ao mesmo tempo, você pisa e — viu só? Viu só?"

Claro que eu não tinha visto nada. Soltar devagarinho? Pisar? Tchick me explicou.

Para dar a partida, a gente colocava a primeira marcha. Nessa hora, é preciso pisar na embreagem e, com o pé direito, dar uns toquinhos no pedal do acelerador e, ao mesmo tempo, soltar a embreagem. Isso é o mais difícil, dar a partida. Precisei de vinte tentativas até que o Lada finalmente se colocasse em movimento, e nessa hora fiquei tão surpreso que levantei ambos os pés — o carro deu um salto e o motor morreu.

"Basta apertar a embreagem de novo, daí você não deixa o carro morrer. A mesma coisa no freio: sempre a embreagem ao mesmo tempo, senão ele morre."

Mas chegar no freio demorou um tempinho. O pedal do freio também é acionado pelo pé direito, e no começo isso me confundiu totalmente. Por algum motivo, sempre os dois pés queriam pisar no freio. Quando por fim consegui, dei um jeito de o carro rolar, fiquei trotando em primeira marcha pela várzea, e foi fantástico. O Lada fazia o que eu mandava. Quando fiquei mais rápido, o motor começou a chorar, e Tchick disse para eu pisar fundo durante três segundos na embreagem. Pisei na embreagem, e Tchick engatou a segunda marcha para mim.

"Agora acelere mais!", ele disse e, de repente, eu estava a trinta. Felizmente a várzea era muito grande. Treinei durante algumas horas. Precisei de tudo isso para conseguir dar partida no carro sozinho, chegar à terceira marcha e reduzir depois, sem que o motor ficasse morrendo o tempo todo. Eu estava pingando de suor, mas também não queria parar. Tchick estava deitado no colchão de água na beira da floresta tomando sol, e durante todo dia só apareceram duas pessoas passeando, que não deram bola para nós. Numa hora, parei ao lado do Tchick e perguntei como funcionava a ligação direta. É porque depois de saber dirigir, claro que eu queria conhecer o resto também.

Tchick ergueu os óculos de sol, sentou-se no banco do motorista e remexeu nos cabos com ambas as mãos: "Você precisa colocar em alimentação direta, o quinze sobre o trinta. O pino gordo serve para isso. E ele precisa ser gordo. Assim a ignição está sob tensão, e depois você coloca o cinquenta em cima, que leva até o relê de arranque — pronto. Tensão permanente".

"É assim em todos os carros?"

"Só conheço este aqui. Mas meu irmão acha que sim. O quinze, o trinta e o cinquenta."

"E é só?"

"Você precisa ainda anular o volante. O resto é moleza. Aqui você aperta com o pé e pronto. E, claro, fazer a ponte com a bomba de combustível."

Claro, fazer a ponte com a bomba de combustível. Resolvi ficar quieto. Tínhamos aprendido algo em física sobre corrente elétrica. Que havia um negativo e um positivo e que os elétrons corriam feito água pelos fios e assim por diante. Mas parecia que isso não tinha nenhuma relação com o que acontecia no nosso Lada. Chupeta, tensão permanente — dava a impressão que uma corrente totalmente diferente daquela dos cabos das aulas de física percorria esse carro, como se tivéssemos chegado num mundo paralelo. Provavelmente o mundo paralelo eram as aulas de física. Pois o fato de funcionar mostrava, afinal, que Tchick tinha razão.

23

Ele colocou o carro de volta na estrada. Depois de passarmos por uma padaria numa cidade pequena, nós dois ficamos com vontade de tomar café. Estacionamos o carro entre umas folhagens na saída da cidade e voltamos a pé até a padaria. Lá compramos café e sanduíches, e no momento em que eu queria morder meu pão, alguém falou às minhas costas: "Klingenberg, o que você está fazendo aqui?".

Lutz Heckel, o barril sobre pernas de pau, estava sentado na mesa atrás da gente. Ao lado dele, um grande barril sobre pernas de pau e um barril não tão grande assim sobre estacas.

"E o mongol também está aqui", disse Heckel, surpreso, mas também com um tom de voz que deixava pouca dúvida a respeito de sua opinião sobre os mongóis em geral e sobre Tchick em particular.

"Visitando parentes", disse eu, e me virei rapidamente de novo. Não me parecia uma boa hora para discussões.

"Eu nem sabia que você tinha parentes por aqui."

"Eu é que tenho", disse Tchick, brindando com a caneca de café sobre a mesa. "Em Zwietow tem um centro de detenção da estrangeirada."

Eu não me lembrava de ter visto Heckel na festa da Tatjana, mas a pergunta seguinte dele foi *como* a gente estava ali. Tchick falou algo sobre uma excursão de bicicleta.

"Seus colegas de classe?", escutei o barril grande perguntar, e depois fiquei um tempão sem escutar mais nada. Em algum momento, chaves de carro tilintaram na mesa atrás da gente, o banco foi empurrado, e Heckel pai passou por nós sobre suas pernas de pau. Ele ia saindo carregado de sanduíches, deixou quatro deles sobre nossa mesa e disse: “Pros nossos ciclistas valorosos ficarem com o bucho bem cheinho!”. Em seguida, bateu com os nós dos dedos sobre a madeira, e a família barril se afastou, caminhando pela praça do mercado.

“Ui”, disse Tchick, e eu não sabia o que tinha de dizer. Ficamos sentados um tempão diante dessa padaria. Agora, estávamos precisando do café. E dos sanduíches.

A cada meia hora, um ônibus com turistas aparecia na curva da praça do mercado. Em algum lugar alto da cidade havia um pequeno castelo. Tchick estava sentado de costas para o ponto de ônibus, mas eu ficava o tempo todo olhando para os aposentados que saíam aos borbotões do ônibus. Pois eram exclusivamente aposentados. Todos eles usavam roupas marrons ou beges e um chapeuzinho ridículo, e quando passavam pela gente, onde havia uma pequena subida, eles bufavam como se tivessem corrido uma maratona.

Eu ainda não conseguia me convencer de que algum dia eu mesmo seria um aposentado bege. Mas todos os homens velhos que eu conhecia eram aposentados beges. E todas as aposentadas eram assim também. Todos beges. Era incrivelmente difícil imaginar que essas mulheres velhas algum dia foram, necessariamente, jovens. Que tiveram a idade da Tatjana e que à noite se arrumavam e que frequentavam salões de dança, onde é provável que tenham sido chamadas de belezinhas ou algo parecido, há cinquenta ou cem anos. Não todas, claro. Algumas delas também deviam ser insípidas e feias já naquela época. Mas também as insípidas e as feias provavelmente tinham objetivos, elas com certeza fizeram planos para o futuro. E as bem normais também tinham planos para o futuro, e era garantido que nesses planos não havia nada sobre se tornarem aposentadas beges. Quanto mais eu pensava sobre esses aposentados que desciam dos ônibus, mais me deprimia. E o que mais me deprimia era pensar que entre essas aposentadas devia haver algumas que não tinham sido insípidas e chatas na juventude. Que tinham sido bonitas, as mais bonitas do seu tempo, aquelas pelas quais todos tinham se apaixonado, e havia setenta anos alguém, sentado em sua torre de índio, ficou ansioso apenas vendo a luz do quarto delas se acender. Essas garotas agora eram aposentadas beges também, mas não dava mais para distingui-las das outras aposentadas beges. Todas tinham a mesma pele cinza, orelhas e narizes oleosos, e isso me deixava tão deprimido a ponto de eu quase passar mal.

“Psiu”, disse Tchick, prestando atenção em alguma coisa. Segui seu olhar e descobri duas policiais que caminhavam ao longo de uma fila de carros estacionados, checando todas as placas. Em silêncio, catamos nossos copos de papelão e nos esgueiramos discretamente até as folhagens onde estava o Lada. Em seguida, percorremos o caminho que tínhamos usado pela manhã de volta à estrada e demos no pé a cem por hora. Não tivemos de ficar discutindo muito sobre o que era para ser feito em seguida.

Encontramos um lugar na floresta onde as pessoas estacionavam o carro para passear. E felizmente havia muitos carros parados lá, pois não foi nada fácil encontrar um para que pudéssemos desaparafusar a placa. A maioria não tinha parafuso. Aquele que por fim encontramos; era um fusca velho, com placa de Munique. Prendemos nele a nossa placa, na esperança de que o dono não notasse tão rápido.

Depois, voamos baixo por alguns quilômetros em um caminho sinuoso qualquer entre os campos, antes de imbicar numa floresta imensa e deixar o Lada no terreno de uma serralheria abandonada. Catamos nossas mochilas e saímos caminhando por uma trilha pela floresta. Não tínhamos a intenção de largar o Lada na mão nessa hora, mas, apesar da troca da placa, a situação não nos deixava muito confiantes. Tirar o carro durante um tempo de circulação nos pareceu a coisa mais inteligente a fazer. Passar talvez um, dois dias na floresta e depois dar uma checada nele, esse era o plano. Entretanto... isso também não era um plano de verdade. Não sabíamos nem ao certo se eles realmente estavam no nosso encalço. E se parariam de procurar a gente depois de alguns dias.

O caminho subia o tempo todo, e lá em cima a floresta se abria. Havia uma pequena plataforma de um belvedere com um muro em volta e uma vista bem bonita do lugar. Mas o mais legal era um quiosque onde dava para comprar água, chocolate e sorvete. Ou seja, a gente não precisava morrer de fome, e por isso ficamos perto desse quiosque. Não muito longe, morro abaixo, havia uma clareira íngreme, e lá encontramos um lugar sossegado atrás de imensos sabugueiros. Deitamos ao sol e tiramos uma soneca, e foi assim que passamos o dia. Para a noite, fizemos uma boa reserva de Snickers e Coca-cola e daí nos metemos nos nossos sacos de dormir, ouvindo o canto dos grilos. Durante todo o dia, turmas fazendo trilhas, ciclistas e ônibus passaram pela gente para aproveitar a paisagem, mas não apareceu mais ninguém ao escurecer, e o morro todo era nosso. Ainda fazia calor, um calor quase excessivo, e Tchick, que com muito gel no cabelo tinha conseguido arrancar duas cervejas do proprietário do quiosque, abriu as garrafas com o isqueiro.

As estrelas sobre nós aumentavam cada vez mais. Estávamos deitados de costas, e entre as estrelas pequenas apareciam umas menores e entre as menores umas menores ainda, e o preto ficava cada vez mais distante.

"Isso é do cacete", disse Tchick.

"É", disse eu, "isso é do cacete."

"Isso é muito melhor do que televisão. Embora televisão também seja bom. Você conhece *Guerra dos mundos*?"

"Lógico."

"Conhece *Tropas estelares*?"

"Com os macacos?"

"Com os insetos."

"E, no fim, um desses cérebros? O gigante inseto cabeção com... com aquelas coisas gosmentas?"

"Sim!"

"É do cacete."

"Imagine você, em algum lugar lá em cima, em uma dessas estrelas — está acontecendo exatamente isso! Lá vivem insetos que neste segundo estão se enfrentando numa batalha gigante pelo domínio do universo... e ninguém está sabendo disso."

"Fora a gente", disse eu.

"Fora a gente, certo."

"Mas somos os únicos que sabemos disso. Os insetos também não sabem que nós sabemos."

"Fala sério, você acredita nisso?" Tchick se apoiou nos cotovelos e me encarou. "Você acredita que exista alguma coisa lá? Não estou falando só dos insetos. Mas de *alguma coisa*?"

"Não sei. Já escutei que dá para calcular isso. É totalmente improvável que exista alguma coisa, mas tudo também é infinitamente grande e totalmente improvável vezes infinito acaba dando um número, ou seja, um número de planetas onde existe alguma coisa. Afinal, com a gente também deu certo. E em algum lugar lá em cima existem, com certeza, insetos gigantes."

"Acho a mesma coisa, acho a mesmíssima coisa!" Tchick voltou a se deitar de costas, prestando atenção no alto. "Do cacete, não é?", ele perguntou.

"É. Do cacete."

"Eu fico completamente chapado."

"E imagine só: é evidente que os insetos também têm um cinema de insetos! Eles rodam seus filmes em seus planetas, e em algum lugar do cinema de insetos eles estão neste momento assistindo a algum filme que se passa na Terra e que trata de dois garotos que roubam um carro."

"E é um filmaço de horror!", disse Tchick. "Os insetos têm nojo de nós porque não somos nada gosmentos."

"Mas todos acham que é apenas ficção científica, e não realidade, a gente não existe. Seres humanos e carros — para eles, isso é uma asneira só. Nenhum deles acredita."

"Exceto dois insetos jovens! Eles acreditam. Dois insetos jovens na escola, que acabaram de sequestrar um helicóptero do Exército e estão dando uma volta no planeta dos insetos e pensam exatamente a mesma coisa. Eles pensam que a gente existe, porque a gente pensa que eles também existem."

"Do cacete!"

"Sim, do cacete."

Olhei para as estrelas, com seu infinito incompreensível, e estava meio assustado. Estava comovido e assustado ao mesmo tempo. Pensei sobre os insetos que agora se tornavam quase visíveis em sua pequena e reluzente galáxia, e daí me virei para o Tchick, e ele olhou para mim e olhou nos meus olhos e disse que tudo isso era do cacete, o que era verdade. Era do cacete de verdade.

E os grilos cantaram a noite toda.

24

Ao acordar pela manhã, eu estava sozinho. Olhei em volta. Uma névoa leve cobria o pequeno gramado, e nem sombra de Tchick. Mas como seu colchão de ar ainda estava lá, a princípio não me preocupei muito. Tentei continuar dormindo mais um pouquinho, mas chegou uma hora que a inquietação me fez levantar. Fui até a plataforma do belvedere e olhei para todos os cantos. Eu era o único ser humano na montanha. O quiosque ainda estava fechado. O sol parecia um pêssego vermelho numa tigela de leite, e um grupo de ciclistas veio subindo o caminho com os primeiros raios de sol, e depois não demorou nem mais dez minutos para Tchick também vir caminhando montanha acima. Eu estava bastante aliviado. Ele tinha dado uma descidinha até a serralheria para ver se o Lada ainda estava parado por lá. Ele ainda estava parado por lá. Ficamos trocando umas ideias durante um tempo e, por fim, decidimos partir imediatamente com o carro, porque não tinha sentido ficar esperando.

Enquanto isso, os ciclistas se espalharam ao lado da gente junto ao muro, uma dezena de garotos e garotas da nossa idade e um adulto. Eles estavam tomando o café da manhã e conversavam em voz baixa entre si, e realmente tinham uma aparência estranha. O grupo era pequeno demais para ser uma excursão de classe, grande demais para uma família e muito arrumados para o passeio do lar dos aloprados. Mas tinha algo de errado com eles. Todos estavam usando umas roupas diferentes. Não eram roupas de marca, mas também não pareciam baratas, ao contrário. Muito caras e com um quê aloprado. E todos eles tinham o rosto muito, muito limpo. Não sei como descrever, mas os rostos eram limpos. Porém o mais esquisito de tudo era o responsável. Ele falava com o pessoal como se eles fossem seus subordinados. Tchick perguntou para uma das garotas de qual instituição eles tinham saído, e a garota respondeu: "De nenhuma. Somos do 'Nobres do Pedal'. Nós vamos de uma propriedade para outra". Ela falou de um jeito muito sério e educado. Talvez estivesse querendo fazer uma piada e se tratava do passeio de *bike* da escola de palhaços local.

"E vocês?", ela perguntou.

"Nós?"

"Vocês também estão fazendo um passeio de bicicleta?"

"Nós somos automobilistas", explicou Tchick.

A menina se virou para os garotos ao seu lado e disse: "Você não tinha razão. São automobilistas".

"E vocês, o que são mesmo? *Nobres do Pedal*?"

"O que tem de tão estranho nisso? Automobilista é menos estranho?"

"Tudo bem, mas Nobres do Pedal?"

"É, e vocês: Povão do Carrão?"

Cara, ela era afiada. Talvez um carregamento de cocaína tivesse acabado de tombar diante da escola local de palhaços. Não descobrimos o que as garotas e os garotos realmente estavam fazendo na montanha, mas um pouco depois o Lada acabou ultrapassando o grupo todo na estrada, e a menina acenou e nós acenamos também. Bem, pelo menos o negócio do pedal era verdade. Nesse momento, a gente estava se sentindo de novo bem confiante, e sugeri ao Tchick que se tivéssemos de nos chamar por nomes falsos, então ele seria o conde Lada e eu, o conde Coca.

25

Mas o único problema dessa manhã era que não havia nada para comer.

Tínhamos levado latas de conservas, mas nenhum abridor. Sobraram três fatias de pão sueco, porém nada de manteiga. E as seis pizzas prontas eram absolutamente impossíveis de ser comidas descongeladas. Tentei grelhar um pedaço com o isqueiro, mas não deu e, no final, seis fatias de *frisbee* foram disparadas do Lada como óvnis da Estrela da Morte em chamas.

A salvação veio dali a alguns quilômetros: uma placa amarela apontava para uma pequena cidade à esquerda, e na mesma placa havia uma propaganda: *Norma 1 km*. Já de longe dava para ver o supermercado gigante, que parecia plantado na paisagem como uma caixa de sapatos.

A cidade ao lado era minúscula. Primeiro atravessamos o lugar todo, estacionamos defronte a um grande celeiro, onde ninguém nos via, e voltamos a pé. Embora a cidade toda se constituísse apenas de mais ou menos dez ruas, todas se encontrando numa fonte na praça do mercado, de lá não conseguimos mais avistar o supermercado. Tchick queria ir para a esquerda. Eu queria seguir em frente, na diagonal, e não havia ninguém na rua para quem perguntar. Passamos por ruas vazias, por fim um garoto de bicicleta veio em nossa direção, uma bicicleta de madeira sem pedais. Para andar, ele precisava movimentar as pernas para a frente e para trás. Ele tinha uns doze anos, mais ou menos, e possivelmente era dez anos velho demais para essa bicicleta. Seus joelhos arrastavam na terra. Ele parou bem na nossa frente e nos encarou com olhos imensos, como se fosse um sapão deficiente.

Tchick perguntou para ele onde ficava o Norma aqui, e o garoto sorriu ou muito constrangido ou muito sem noção. O que ele tinha de gengiva era incrível.

"A gente não faz compra em supermercado", ele explicou todo certinho.

"Interessante. E onde ele fica?"

"A gente sempre compra no Froehlich."

"Ah, no Froehlich." Tchick balançou a cabeça para o garoto como um caubói que não quer machucar o outro caubói. "Mas a gente quer mesmo saber é o caminho para o Norma."

O garoto assentiu agitado, levou uma mão à cabeça, como se quisesse se coçar, e com a outra apontou, indeciso, para todos os lados. Daí seu dedo apontador encontrou de repente um objetivo entre as casas. Lá dava para ver um pouco antes do horizonte uma casa de fazenda entre árvores altas. "Lá fica o Froehlich! É lá que a gente sempre faz compras."

"Fantástico", disse Tchick. "E agora, mais uma vez, onde fica mais ou menos o supermercado?"

A grande quantidade de gengiva acabou nos dando a entender que provavelmente não poderíamos contar mais com uma resposta. Mas também não havia mais ninguém na rua para quem a gente pudesse perguntar.

"O que vocês querem fazer lá?"

"O que a gente quer fazer lá? Maik, Maikiii, o que a gente quer fazer mesmo no supermercado?"

"Vocês querem fazer compras? Ou só olhar?", perguntou o garoto.

"Olhar? Você vai no supermercado para olhar ou o quê?"

"Deixa pra lá, vamos embora", eu disse. "A gente encontra sozinho. Queríamos comprar comida."

Eu estava com a impressão que não valia a pena encher o saco do garoto de olhos de sapo.

Nesse momento, uma mulher muito pálida, muito alta, apareceu diante de uma casa e chamou: "Friedemann! Friedemann, entre! É meio-dia".

"Já vou", respondeu o garoto, e agora sua voz tinha mudado. De repente ele ficou com o mesmo tom da sua mãe.

"Como assim vocês querem comprar comida?", ele perguntou de novo, mas Tchick já tinha ido até a mulher e perguntado onde ficava o Norma.

"Que Norma?"

"O supermercado", Friedemann explicou.

"Ah, o supermercado grande", disse a mulher. O rosto dela era bem impressionante. Totalmente chupado, mas de alguma maneira também supersaudável. Ela falou: "Nós nunca fazemos compras ali. Sempre compramos no Froehlich".

"Já sabemos." Tchick esboçou seu sorriso mais educado. Ele sabia fazer isso bem, esse jeito educado de sorrir. Eu sempre ficava com a impressão de que ele exagerava um pouquinho. Mas, por outro lado, ele se parecia com um arqueiro mongol, e isso equilibrava as coisas.

"O que vocês querem fazer lá?"

Céus, a família inteira era assim? Ninguém sabia o que se fazia num supermercado?

"Fazer compras", eu disse.

"Fazer compras", disse a mulher, cruzando os braços diante do peito, como se quisesse impedi-los que eles nos mostrassem, sem querer ou contra sua vontade, o caminho para o supermercado.

"Comida! Eles querem comprar comida", dedurou o Friedemann.

A mulher nos olhou desconfiada, e daí ela perguntou se não éramos daqui — e o que queríamos aqui. Tchick lhe contou a história da excursão de bicicleta, atravessando o lado oriental da Alemanha, e a mulher olhava a rua de cima a baixo. Nenhuma bicicleta à vista.

"Estamos com um pneu furado", disse eu, imitando Friedemann ao apontar uma direção indefinida. "Mas precisamos comprar alguma coisa com urgência, quase não tomamos nada de café da manhã e..."

Nada na expressão de seu rosto e nada em sua postura se alterou quando ela disse: "Ao meio-dia tem almoço. Será um prazer ter vocês conosco, jovens de Berlim. Vocês são nossos convidados".

Daí ela mostrou as gengivas, não tantas quanto Friedemann, e Friedemann deu um grito — que certamente devia expressar um tipo de contentamento — e girou sua bicicleta de madeira e foi se arrastando em direção à casa. Umas três ou quatro crianças menores tinham se juntado diante da porta e nos olhavam com grandes olhos de sapo.

Eu não sabia o que dizer, e o Tchick também não.

"O que vai ter?", ele perguntou por fim, e descobriu-se que era arroz mole. Sabe-se lá o que era isso. Cocei atrás da orelha, e o Tchick deu sua última grande tacada. Ele abriu seus olhos rasgados de mongol, curvou-se um pouco e disse: "Deve agradar muito ao paladar, dona".

Fui nocauteado. Alemão para imigrantes, lição dois.

"Por que você fez isso?", sussurrei, enquanto caminhávamos atrás da mulher, e Tchick balançava os braços sem muita noção, como se quisesse dizer: o que era para eu fazer, então?

Mas antes de começarmos a seguir a mulher para dentro da casa, ela já estava fazendo um sinal com a cabeça para o Friedemann, e ele pegou na nossa mão e nos guiou em volta da casa até o jardim. Eu não estava me sentindo bem. A única coisa que me acalmava era que Tchick tinha girado rápido o indicador do lado da testa quando o Friedemann não estava olhando.

No jardim havia uma grande mesa branca de madeira com dez cadeiras. Quatro delas já estavam ocupadas pelos irmãos de Friedemann. A mais velha era uma menina de uns nove anos, o mais novo tinha aproximadamente seis, e todos com a mesma aparência. A mãe trouxe a comida numa panela imensa, arroz com pirão. Supostamente, arroz mole era isso: arroz com pirão. O pirão era amarelado, e nele nadavam pequenas bolotas e temperos verdes. A mãe serviu a todos com a concha, mas ninguém tocou na comida. Em vez disso, todos ergueram os braços como se seguissem uma ordem e se deram as mãos, e já que a família toda estava olhando para nós, também erguemos as mãos. Eu tinha de segurar a do Tchick e a de Friedemann, e a mãe disse deitando um pouco a cabeça: "Bem, talvez não seja imprescindível fazer isso hoje. Para saudar o dia, vamos simplesmente cumprimentar nossos convidados que vieram de longe e agradecer por tudo o que recebemos e... bom apetite".

Daí as mãos foram apertadas e começou-se a comer. Independentemente do que se diga, o pirão estava realmente uma delícia.

Depois que terminamos, Tchick empurrou seu prato vazio com ambas as mãos e explicou para a dona da casa que tinha sido uma refeição saborosíssima, e eu concordei com ele. A mulher franziu a testa. Eu cocei atrás da orelha e repeti que fazia uma eternidade que não comia nada tão bom assim, e Tchick completou que tinha sido supersaborosíssimo. A mulher mostrou um pouco da gengiva e pigarreou um pouco na mão, e Friedemann nos olhou com grandes olhos de sapo. E depois foi a vez da sobremesa. Uau!

Eu nem queria estar contando isso. Mas vou contar mesmo assim. Florentine, a de nove anos, trouxe a sobremesa sobre uma bandeja. Era algo espumoso, branco, com frutinhas vermelhas por cima, servido em oito tacinhas. Oito tacinhas de diferentes tamanhos. Na hora eu sabia que haveria briga pela tacinha maior, mas me enganei.

As oito tacinhas estavam apertadas no centro da mesa, e ninguém tocava nelas. Todos apenas ficavam escorregando nas suas cadeiras, olhando para a mulher.

"Rápido, rápido", disse o Friedemann.

"Preciso pensar primeiro", ela disse, e fechou os olhos por um instante. "Certo. Já sei." Ela deu ao Tchick e a mim um olhar amistoso e depois olhou novamente o grupo. "Quanto Mérope Gaunt recebeu pelo medalhão de Slytherin quando ela..."

"Doze galeões!", gritou Friedemann. Ele caiu da cadeira e a mesa balançou.

"Dez galeões!", gritaram todos os outros.

A mãe balançou a cabeça e sorriu. "Acho que Elisabeth foi a mais rápida."

Sem pressa, Elisabeth assegurou para si a maior tacinha com a maioria das frutinhas vermelhas. Florentine protestou porque achava que tinha sido igualmente rápida, e Friedemann martelava a testa com ambas as mãos e dizia: "Dez! Que burro que eu sou! Dez!".

Tchick me chutou debaixo da mesa. Dei de ombros. Slytherin? Galeões?

"Vocês não leram *Harry Potter*?", perguntou a mãe. "Mas tudo bem. A gente muda o tema."

Ela voltou a refletir um pouco, e Elisabeth colocou um pouco de sobremesa na sua colher, levantou-a e esperou. Esperou até Friedemann olhar para ela e então empurrou a colher devagar para dentro da boca.

"Geografia e ciência", disse a mãe. "Como se chama o navio de pesquisa com o qual Alexander von..."

"*Pizarro!*", berrou Friedemann, e sua cadeira voou para trás. Ele puxou imediatamente a segunda maior tacinha para si, encostou o nariz na borda e sussurrou: "Dez, dez! Por que achei que eram doze?".

"Isso é injusto", disse Florentine. "Eu também sabia. Só porque ele sempre grita desse jeito."

Na sequência, a mãe perguntou o que a gente costuma festejar na época de Pentecostes, e provavelmente não preciso dizer como o jogo terminou. Quando restavam apenas as duas menores tacinhas, a mãe perguntou quem tinha sido o primeiro presidente da Alemanha Ocidental. Eu chutei Adenauer, e Tchick, Helmut Kohl. A mãe queria nos dar as sobremesas mesmo assim, mas Florentine foi contra. E os outros também foram contra. Nessa altura, eu já estava abrindo mão da sobremesa com prazer, mas Jonas, o mais novo, de mais ou menos seis anos, primeiro recitou todos os presidentes da Alemanha Ocidental, na ordem, e depois resolveu tomar conta do jogo e nos perguntou qual era a capital da Alemanha.

"Ora, eu diria Berlim", falei.

"Idem", disse Tchick balançando a cabeça, sério.

E independentemente do que se diga, a espuma com as frutinhas vermelhas mais uma vez estava realmente uma delícia. Juro que nunca comi uma espuma tão legal com frutinhas vermelhas por cima.

No fim, agradecemos pela comida e estávamos querendo nos despedir quando Tchick perguntou: "Eu também tenho uma pergunta para um teste. Como a gente descobre onde fica o norte com um relógio, quando esse relógio...".

"O ponteiro das horas na direção do sol! Daí, a metade do ângulo até o doze aponta para o sul!", disse Friedemann.

"Correto", falou Tchick, e lhe empurrou sua tacinha com um resto de sobremesa.

"Eu também sabia", disse Florentine. "Só porque ele grita sempre desse jeito."

"Bem, talvez eu soubesse", disse Jonas cutucando a orelha com o dedo. "Mas talvez não soubesse. Não sei, será que ia saber?" Ele olhou cheio de dúvida para a mãe, e sua mãe acariciou seu cabelo com carinho e balançou a cabeça como se dissesse que ele saberia, com certeza.

26

Na despedida, todos nos acompanharam até o portão do jardim, e recebemos uma abóbora gigantesca de presente. Ela estava jogada por ali, uma abóbora gigantesca, e caso tivéssemos fome podíamos levar a abóbora. Nós a levamos e não sabíamos mais o que dizer. Eles ficaram acenando para a gente durante um tempão.

"Gente fina", disse Tchick, e me perguntei se ele estava falando sério. Parecia que não podia estar falando sério; afinal, ele tinha girado o dedo do lado da testa antes. Mas a expressão do seu rosto deixou claro que ele estava falando muito sério. Que as duas coisas eram sérias. O dedo girando era sério e "gente fina" também, e ele tinha absoluta razão: era gente fina, totalmente maluca. Que eram simpáticos e um pouco lelés, que faziam uma comida pra lá de gostosa e, além disso, sabiam incrivelmente muita coisa — exceto onde ficava o supermercado. Isso eles não sabiam.

Mas nós o encontramos do mesmo jeito. Quando chegamos à rua onde o Lada estava estacionado, carregados com duas imensas sacolas do Norma e uma abóbora, eu coloquei a abóbora no chão e me meti em meio à folhagem, para fazer um xixi. Tchick continuou caminhando, sem se virar — e eu só estou contando isso com tantos detalhes porque, infelizmente, é importante.

Quando saí da folhagem, Tchick tinha caminhado uns cem ou cento e cinquenta metros e estava apenas a poucos passos de distância do Lada. Ergui a abóbora novamente, e no mesmo instante um homem apareceu vindo de uma das entradas, bem no meio entre Tchick e eu, empurrando uma bicicleta. Ele levantou a bicicleta e colocou-a de ponta-cabeça, sobre o guidão e o assento. O homem usava uma camisa amarelada, uma calça esverdeada com dois pregadores nas pernas, e sobre o bagageiro havia um quepe branco, que rolou para longe assim que ele virou a bicicleta. E foi só pelo quepe que reconheci o policial. Também consegui ver o que não tínhamos visto no caminho de vinda: diante do grande celeiro não havia apenas uma casinha com tijolos vermelhos, mas também uma pequena plaquinha branca e verde da polícia pendurada na entrada. O xerife da vila.

O xerife da vila não tinha nos visto. Ele estava somente mexendo nos pedais da bicicleta; puxou um molho de chaves do bolso e tentou recolocar a corrente de volta na roda dentada. Não funcionou, e ele teve de usar os dedos para ajudar. Olhou para as mãos sujas e esfregou uma na outra. E daí ele me viu. A cinquenta metros de distância e vencendo uma pequena subida: um garoto com uma abóbora imensa. O que eu podia fazer? Ele viu que eu vinha em sua direção, então resolvi continuar. Afinal, eu só estava carregando uma abóbora, e a abóbora era minha. Minhas pernas tremiam, mas essa pareceu ser a decisão certa: o xerife da vila voltou-se novamente para a sua bicicleta. Depois ele olhou para cima mais uma vez e descobriu Tchick. Tchick tinha acabado de chegar no Lada, tinha metido suas sacolas de compras sobre o banco traseiro e estava prestes a se sentar no banco do motorista. As mãos do policial pararam de se esfregar. Ele olhou fixamente naquela direção, deu um passo à frente e parou de novo. Um garoto entrando num carro não é necessariamente suspeito. Mesmo se tratando da porta do motorista. Mas assim que Tchick ligasse o motor, estava claro o que aconteceria em seguida. Eu tinha de fazer alguma coisa. Agarrei a abóbora com as duas mãos, ergui-a sobre minha cabeça e gritei rua abaixo: "E não se esqueça de trazer o saco de dormir".

Não tive ideia melhor. O policial se virou. Tchick também se virou. "O papai falou pra você trazer o saco de dormir! O saco de dormir!", gritei mais uma vez, e quando o policial olhou de novo para Tchick e Tchick para mim, toquei rapidamente a cabeça e o quadril (quepe, pistola) para explicar qual era a profissão desse homem. Porque não era fácil reconhecê-lo sem o quepe e só com essa calça esverdeada. Eu devia estar muito ridículo, mas por outro lado não sabia como representar um policial. E Tchick entendeu o que estava acontecendo. Ele sumiu imediatamente dentro do carro e saiu de novo com um saco de dormir na mão.

Em seguida, fechou a porta do motorista, fazendo de conta que a estava trancando (papai me deu a chave, era para eu buscar uma coisa), e veio, carregando o saco, na direção onde o policial e eu estávamos. Mas só uns dez passos. Eu tinha cem por cento de certeza do motivo de ele ter parado. Algo na cara do policial deve ter deixado evidente para Tchick que nossa encenação não seria o maior sucesso de representação do século.

Porque, de repente, Tchick passou a andar para trás de novo. Ele começou a correr, o policial corria atrás, mas Tchick já estava sentado ao volante. Voando, ele saiu da vaga de ré, e o policial, ainda a alguns metros de distância, acelerou feito um campeão mundial. Supostamente não para alcançar o carro, isso não dava de maneira nenhuma, mas para ler a placa. Santas canelas. Um velocista como xerife da vila. E eu fiquei o tempo todo paralisado, com essa abóbora na mão, enquanto o Lada sumia no horizonte, e o policial, por fim, se virou na minha direção. E o que foi que eu fiz naquela hora... não me pergunte. Juro que em condições normais e pensando um pouco eu não teria feito aquilo. Mas nada mais era normal e talvez naquela hora não fosse tão absurdo assim. É que eu saí correndo até a bicicleta. Joguei a abóbora e corri até a *bike* do policial. Eu estava bem mais perto dela que o policial, peguei-a pelo quadro, virei e pulei sobre o selim. O policial gritou, mas felizmente o grito dele ainda estava um pouco longe e eu pisei nos pedais. Até esse momento eu estava apenas nervosíssimo, mas depois a situação se transformou no mais puro pesadelo. Eu pisava com toda a força e não saía do lugar. A marcha engatada devia ser a centésima ou perto disso, e eu não conseguia encontrar a alavanca. A gritaria se aproximava cada vez mais. Eu estava com lágrimas nos olhos e minhas coxas pareciam estar prestes a explodir de tanto esforço. No fundo, o policial precisava apenas esticar a mão na minha direção, mas nessa hora eu consegui sair andando, devagar, e me afastei dele.

27

Eu voava sobre os paralelepípedos da cidade. Em menos de noventa segundos cheguei até a praça do mercado e tinha noção do perigo, pois a essa altura o policial talvez já estivesse havia tempo ao telefone. Se não fosse idiota — e ele não passou a impressão disso —, ele simplesmente ligaria para alguém que pudesse me interceptar no mercado. Talvez houvesse outros policiais por aqui. Passei em velocidade máxima entre casas cinzentas e por esquinas e finalmente cheguei a uma pequena trilha direto nos campos.

No lusco-fusco eu estava deitado na floresta, sozinho, ofegante e nervoso, com a bicicleta de um policial sob um arbusto fechado, esperando. E pensando. E ficando cada vez mais confuso. O que eu devia fazer? Eu estava numa floresta qualquer, a cem ou duzentos quilômetros a sul ou a sudeste de Berlim, Tchick estava fugindo em um Lada azul-claro com chapa de Munique e todas as unidades policiais da redondeza já em estado de alerta, e eu não fazia a menor ideia de como a gente iria se reencontrar. Normalmente, num caso desses, o mais provável seria tentar se reencontrar no lugar onde nos perdemos de vista. Agora, porém, isso era complicado: nesse lugar estava plantada a casa do xerife da cidade.

Outra possibilidade teria sido, talvez, ir até a família de Friedemann e deixar um recado por lá. Ou esperar que Tchick tivesse deixado um para mim. Mas, por alguma razão, isso me parecia muito improvável. A cidade era minúscula, com certeza todas as pessoas se conheciam, e em hipótese alguma Tchick teria conseguido entrar novamente de carro na cidade. No máximo ele poderia tentar se aproximar a pé, depois de escurecer, não se importando com o perigo de que todos na cidade já soubessem do caso. E isso me parecia tão improvável também porque, de súbito, algo bem diferente me pareceu muito mais provável.

Se a gente não consegue se encontrar no lugar onde se perdeu de vista, então vamos simplesmente para o *último* lugar seguro onde estivemos antes: a pequena plataforma do belvedere com o quiosque e os arbustos de sabugueiros.

Enquanto eu estava com o rosto metido na sujeira, o raciocínio me pareceu lógico. Era a solução mais fácil, e quanto mais eu pensava a respeito, mais convencido fiquei que Tchick também chegaria a essa conclusão. Porque, afinal, eu também cheguei a ela. Além disso, a localização da plataforma do belvedere era muito adequada. Era distante o suficiente da cidade, mas próxima o bastante para ser alcançada de bicicleta. E Tchick devia ter notado que eu tinha dado no pé com a *bike*. Dessa maneira, passei metade da noite nos arbustos e, aos primeiros raios de sol, voltei a pedalar. Fiquei a uma boa distância da cidade, atravessei a floresta e passei pelos campos. Não foi difícil achar a trilha, mas ela era muito, muito mais longe do que eu imaginara. Vi a cadeia de picos à distância, imersos na neblina, mas ela simplesmente não se aproximava, e depois de pouco tempo eu estava com muita sede. E com fome também. À direita nos campos havia algumas casas ao redor de uma igreja com tijolos à vista, e resolvi ir até lá. A vila se constituía de três ruas e um ponto de ônibus. As placas eram numa língua estrangeira, e por um instante pensei que já estivesse, talvez, na República Tcheca, mas não era possível. Eu certamente teria notado algo semelhante a uma fronteira.

Havia também uma loja minúscula. Porém estava fechada e não parecia que reabriria nos próximos tempos. As vitrines eram quase opacas de tanta sujeira; sobre uma mesa, do lado de dentro, havia meio pão e embalagens de chicletes amareladas, e nos fundos uma prateleira cheia de sabão em pó da Alemanha Oriental.

Um deficiente mental estava junto ao ponto. Ele mijava no meio da rua e balançava seu bráulio como se isso fosse a coisa mais divertida do mundo. Fora isso, não havia mais ninguém na rua, e os raios de sol que batiam no calçamento brilhavam como um esmalte vermelho. Pensei em simplesmente tocar uma campainha e pedir para alguém me vender algo. Mas depois de eu tocar numa casa qualquer onde havia uma luz acesa — o nome na plaquinha era Lentz, ainda sei direitinho —, fiquei sem coragem e perguntei apenas se eu podia tomar um copo de água da torneira. O homem que abriu a porta estava seminu. Usava um calção de ginástica e suava. Jovem e sarado, ataduras em volta dos punhos. "Um copo de água da torneira!", ele berrou. Ele me encarou e, depois, apontou para uma torneira do lado de fora da casa. Enquanto eu bebia, ele me perguntou se estava tudo bem comigo, e eu lhe expliquei que iria fazer uma excursão de bicicleta. Ele riu, balançou a cabeça e perguntou mais uma vez se estava *tudo bem* comigo. Apontei para as suas ataduras e perguntei se estava tudo bem com ele. Imediatamente o sujeito ficou sério e fez que sim com a cabeça, e a conversa terminou.

Ao chegar à plataforma do belvedere, eu estava totalmente sozinho na montanha e ainda era cedo. Atrás da serralheria havia apenas um carro preto parado, o quiosque no estacionamento vazio estava protegido por um cadeado. Desci até os sabugueiros, onde ainda havia lixo nosso, mas nem sinal de Tchick. Nessa hora, fiquei megadecepcionado.

Sentei-me sobre o muro e de lá não saí, hora após hora. E estava cada vez mais triste. Passavam turistas e ônibus de passeio, mas nenhum Lada durante todo o dia. Continuar andando não me parecia algo inteligente a se fazer, porque se Tchick também estivesse andando, nunca nos encontraríamos. Em algum momento tive a certeza de que eles provavelmente o tinham pegado, e me preparei para passar mais essa noite debaixo dos sabugueiros, quando bati os olhos numa lata de lixo. Nessa lata havia uma quantidade incomensurável de papel de barrinhas de chocolate, garrafas vazias de cerveja e tampinhas, e daí me lembrei que também tínhamos jogado nosso lixo na lata na noite passada. Não deixamos nada para trás nos sabugueiros. Voltei correndo feito um maluco e lá estava essa garrafa vazia de Coca-cola. Eu a observei com mais atenção e, no gargalo, encontrei um bilhete pequeno, todo enrolado, no qual estava escrito: "Estou na padaria do Heckel. Venha às seis, T.". Mas a frase tinha sido riscada, e outra foi anotada embaixo: "Conde Lada trabalhando na serralheria. Fique aqui, te pego ao pôr do sol".

Fiquei até a noite sentado na plataforma do belvedere, feliz, e depois infeliz e cada vez mais infeliz. Tchick não veio. Os turistas também não vinham mais, só um carro preto fazia umas curvas lá trás, no caminho. Ele já estava nessa função desde o anoitecer, e não sei o quanto é possível ter de cegueira, pois foi somente quando o carro parou na minha frente e um sujeito com um bigodinho *à la* Hitler abriu a porta que percebi que o carro também era um Lada. Nosso Lada.

Abracei Tchick e depois o soquei e em seguida voltei a abraçá-lo. Eu simplesmente não conseguia me acalmar.

"Cara!", eu gritava. "Cara!"

"O que você acha da cor?", Tchick perguntou. A seguir, descemos a montanha a toda.

Contei tudo o que eu tinha feito desde que nos perdemos de vista, mas aquilo que Tchick tinha para contar era muito mais interessante. Durante a fuga, ele passou sem querer novamente pela padaria onde encontramos Heckel. Parou o Lada não muito distante dali porque achou que ficar andando pelas ruas tinha se tornado bem perigoso. Sentado na frente da padaria, viu carros de polícia passarem o dia todo.

Por fim, ele foi a pé até a plataforma do belvedere, que ficava a apenas poucos quilômetros de distância, e lá ficou esperando por mim, a princípio. Como eu não vinha, já que tinha passado a noite na floresta, ele acabou metendo o bilhete com a frase sobre a padaria na garrafa de Coca e voltou até o Lada. Nisso, passou por uma loja de material de construção e roubou uma fita adesiva e uma caixa com sprays de tinta. Quando não havia mais polícia pelas ruas, ele subiu com o carro até a plataforma do belvedere. Nessa hora, escreveu a segunda frase no bilhete e desceu até a serraria, para mudar a cor do Lada com os sprays. E ele tinha pensado em todo o resto: agora o Lada tinha uma placa de Cottbus.

Quando contei para o Tchick do homem com as ataduras e do homem diante do ponto de ônibus, ele disse que também tinha notado a quantidade de malucos por aqui. E ele também não sabia o que significavam as inscrições em língua estrangeira.

"Não é russo, disso eu sei", ele falou, e nós olhamos para algumas placas curiosas que passavam pela gente à luz dos primeiros faróis.

28

No dia seguinte, estávamos de volta à estrada. Dessa vez não sem querer. Nos sentíamos seguros o suficiente, queríamos avançar mais rápido, e foi o que fizemos. E mais ou menos por uns cinquenta quilômetros. Daí Tchick apontou para o marcador da gasolina, que já estava no vermelho.

"Merda", ele disse.

Nem tínhamos pensado nisso antes, que precisaríamos abastecer. A princípio, não me pareceu um grande problema. Dois quilômetros à frente havia um posto e tínhamos bastante dinheiro. Mas depois me toquei que dois caras do nono ano não seriam maravilhosamente bem recepcionados pelo pessoal do posto. Dava para ter imaginado antes.

"Aqui, cinquenta manés! O troco é seu", disse Tchick para um frentista metido e quase morreu de rir.

Apesar disso, resolvemos ir para o lado do estacionamento da parada. Era pouco depois do almoço e aquilo parecia um formigueiro de gente. Tchick manobrou por trás das bombas de diesel e estacionou entre dois caminhões grandes com reboques, onde ninguém conseguiria nos ver. Deprimidos, olhamos em volta. Tchick achava que a gente nunca iria conseguir gasolina por lá, e eu sugeri simplesmente abrir o próximo carro com a bola de tênis.

"Movimentado demais", Tchick disse.

"Vamos esperar até a movimentação diminuir."

"Vamos esperar até a noite", disse ele, "daí alguém vai até a bomba bem do canto, o outro chega perto com o Lada — abastecemos num vapt-vupt e saímos. Além disso, a gente economiza dinheiro."

Tchick achava esse plano brilhante, no mínimo do calibre de Aníbal atravessando os Alpes. E eu teria até concordado com ele se soubesse como abastecer. Mas eu nunca tinha pegado uma dessas mangueiras na mão, e deu para perceber que Tchick também não. Ela não tem apenas uma alavanca grande para segurar, mas também uma pequena para travar, acho. Eu já tinha visto meu pai abastecer muitas vezes, porém nunca prestei atenção.

Por isso, a primeira coisa que fizemos foi comprar dois sorvetes Magnum no posto e nos sentarmos no degrau diante das bombas, observando as pessoas abastecendo. Realmente não dava a impressão de ser difícil. Só que sempre parecia demorar uma eternidade até encher o tanque. E sempre havia gente em volta e o frentista estava de olho por meio do seu espelho panorâmico. Claro que também poderíamos colocar apenas alguns litros e nos mandar, mas daí teríamos de parar no próximo posto de novo.

"Você não está mais com a bola de tênis?", perguntei. Apontei para todo o estacionamento: tantos carros bonitos.

"Não podemos sair roubando um carro novo cada vez que o tanque estiver vazio."

"Mas você ainda está com a bolinha?" Olhei para Tchick. Ele tinha abraçado os joelhos e estava com a cabeça baixa.

"Simsimsim", ele disse, explicando que devíamos era devolver o Lada e que não podíamos roubar cem carros um depois do outro e assim por diante. E eu achei que tudo isso fazia sentido. Mas e se nossa viagem tivesse terminado agora por conta disso?

Um Porsche vermelho parou junto às bombas, uma mulher de cabelos lisos e loiros desceu e pegou a mangueira com as unhas rosas — e, de repente, tive uma ideia de como conseguir gasolina. Precisávamos apenas tirar o combustível de outro carro! Isso era bem simples, bastava uma mangueira. Era só metê-la no tanque e dar uma chupada que tudo saía pelo outro lado. Aprendi num livro que ganhei de presente quando entrei no primeiro ano, um livro que explica o mundo inteiro, um livro para meninos de seis anos. E claro que não era explicado aos meninos de seis anos como roubar gasolina. Mas eu me lembrava do desenho de uma mesa, sobre a qual havia uma panela. A panela estava cheia de água, e a água escorria pela borda da panela por meio de uma mangueira. Isso era baseado em alguma força física.

"O que você está dizendo? Que a água escoa de baixo para cima?"

"Você precisa chupar."

"Nunca ouviu falar de gravidade? Não dá para escoar para cima."

"Porque depois vai escoar para baixo. No geral, vai escoar mais para baixo, por causa disso."

"Mas a gasolina não sabe que depois ela vai descer."

"É alguma lei da física. Tem um nome qualquer, algo com forças. E vasos. Lei da força alguma coisa."

"Bobagem", disse Tchick, "lei da puta bobagem."

"Você nunca viu isso no cinema?"

"Sim, *no cinema*."

"Aprendi num livro", eu disse. Resolvi não dizer que era um livro para garotos de seis anos. "Alguma coisa com C. Comunicados. Lei das forças de comunicados ou algo assim."

"Comunicados uma merda, cara."

"Não, é uma coisa diferente... já sei! Comunais, o princípio dos vasos comunais."

Nessa hora, Tchick não falou mais nada. Ele ainda não conseguia acreditar. Mas o fato de eu ter lembrado do nome da lei baixou a bola dele. Ainda expliquei que a força comunal é mais forte do que a lei da gravidade, mas eu estava mesmo a fim é de nos encorajar e não queria que nossa viagem terminasse já. Porque eu também ainda não tinha visto a mangueira em ação.

Tomamos mais um Magnum e mais outro, e depois, sem nenhuma ideia melhor, decidimos ao menos tentar.

29

O problema foi, claro, que não tínhamos mangueira. Primeiro demos uma busca no terreno atrás do posto, depois na floresta, depois nas plantações, cada vez mais longe. Encontramos calotas, lonas plásticas, garrafas retornáveis, quantidades incomensuráveis de latinhas de cerveja e, por fim, até um galão de cinco litros sem tampa, mas nada parecido com uma mangueira. Ficamos procurando por duas horas e trocando planos e mais planos de como conseguir sair dali. Os planos ficavam cada vez mais absurdos, e isso abatia nosso humor. Nada de mangueira de merda em lugar nenhum, nada de tubos, nada de cabos. Embora a gente sempre veja esses trecos jogados por aí quando não precisamos deles.

Tchick foi até a loja do posto, checou a seção de peças para carros e todos os lugares, mas eles não tinham mangueiras. Porém ele voltou com uma mão cheia de canudinhos. Tentamos formar um canudo longo juntando esses canudinhos, e até um garotinho de três anos com deficiência mental, ao olhar para esse objeto amassado, saberia que não conseguiríamos usá-lo para abastecer.

E daí Tchick se lembrou de uma coisa. De que passamos por uma espécie de depósito de lixo no nosso caminho. Eu não me recordava de nenhum depósito de lixo, mas Tchick tinha certeza. Do lado direito, somente a alguns quilômetros do posto, apareceram imensos montes de lixo. E se em algum lugar havia mangueiras, então ali era garantido.

Andamos sempre junto à muretinha de proteção numa pequena picada e voltamos a passar pela floresta e sobre campos e cercas, sempre avistando a estrada. Tinha ficado tão quente quanto nos outros dias, e os insetos formavam nuvens nas franjas da floresta. Andamos mais de uma hora sem encontrar um depósito de lixo, e eu já tinha perdido a vontade e queria desistir da ideia da mangueira. Mas agora, de repente, Tchick estava completamente convencido e não queria voltar de maneira alguma sem uma mangueira e, enquanto ainda discutíamos, um arbusto imenso de amoras silvestres surgiu na beira do caminho. Tinha mais de cem metros, e a maioria das amoras ainda não estava madura, mas lá onde o sol batia de chapa muitas já tinham chegado no ponto, e o gosto era fantástico. Não sei se já falei que a coisa que mais curto no mundo são amoras silvestres. Então, resolvemos dar um tempo por ali e colhemos cada um cem quilos, e depois ficou parecendo que tínhamos nos maquiado, o rosto todo lilás.

Em seguida, eu estava me sentindo ótimo de novo, e não tinha nada contra continuar andando por horas à procura de uma mangueira. E realmente a gente precisou de quase duas horas até avistar os montes de lixo. Montanhas imensas, totalmente envoltas pela floresta e pela estrada, e não éramos os únicos que estávamos escalando por ali. Mais para o fundo, um velho caminhava curvado, juntando cabos elétricos. E também havia uma garota da nossa idade, toda suja. E duas crianças. Mas elas não pareciam estar juntas.

Eu me encarreguei de um monte com lixo caseiro e recolhi dois álbuns de fotografias que eu queria mostrar para o Tchick. Um deles era de uma família, uma porção de fotos de pai, mãe, filho e cachorro, todos radiantes em todas as fotos, até o cachorro. Folheei o álbum inteiro, mas no final joguei-o fora de novo porque ele me deprimiu. Lembrei da minha mãe e de como ela estava mal e de quanta preocupação eu provavelmente lhe daria quando tudo isso aqui fosse descoberto. Daí escorreguei numa tábua de madeira engordurada e caí num monte de frutas podres.

Tchick tinha subido num outro monte e encontrou um galão grande, marrom, repleto de aberturas. Ele bateu com o punho nele e balançou-o sobre a cabeça. Claro que o galão era dez. Mas mangueiras... alarme falso.

Fiquei tentando procurar por máquinas de lavar, mas o tambor de todas as que achei, sei lá por quê, tinha sido desmontado, e a mangueira, retirada. Quando o homem curvado se esgueirou ao meu lado, perguntei-lhe se ele por acaso sabia por que todas as máquinas de lavar não tinham mangueiras, mas ele mal ergueu os olhos e apenas apontou para seus ouvidos, como se fosse surdo. A menina suja também veio subindo feito um animal pequeno, rápido, e passou por mim sem me olhar. Ela andava descalça, suas pernas estavam pretas até os joelhos. Usava uma calça camuflada com a barra dobrada e uma camiseta encardida. Seus olhos eram estreitos, os lábios, grossos, e o nariz, achatado. E parecia que a máquina tinha quebrado na hora do corte do seu cabelo. Preferi nem falar com ela. Ela segurava uma caixa de madeira debaixo do braço, e eu não tinha certeza se a tinha encontrado ali ou se guardava algo lá dentro e nem o que ela estava fazendo nesse lugar.

No final, me encontrei com Tchick no alto do maior monte, e ambos não tínhamos encontrado nada, exceto o galão de dez litros. Mas de que ele servia para nós? Esse monte de lixo era um monte de lixo sem mangueiras. Nos encarapitamos bem em cima de uma máquina de lavar sem motor, e o sol já estava chegando na copa das árvores. O ruído da estrada tinha diminuído, o homem curvado e as crianças pequenas sumiram. Só a menina suja ainda estava sentada sobre outro monte, em frente. Suas pernas balançavam de uma porta aberta de um velho armário de sala. Ela gritou alguma coisa na nossa direção.

"O quê?", perguntei.

"Seus paspalhos!", ela disse.

"Você é besta?"

"Você me escutou, paspalho! E o seu amigo também é um paspalho!"

"Quem é essa vaca?", Tchick perguntou.

Durante um bom tempo víamos somente as pernas da menina, que balançavam do armário. Daí ela se aprumou e começou a calçar um par de botas, que estavam ao seu lado numa prateleira. Ao mesmo tempo, ela olhava para a gente.

"Eu arranjei um treco!", ela berrou. Era evidente que ela não estava se referindo às botas. "Vocês também arranjaram algum treco?"

"Não te interessa bosta nenhuma!", Tchick berrou de volta.

Ela parou de amarrar as botas por alguns segundos. Em seguida, curvou-se, esticou os pés e disse: "Vocês são bestas demais pra trepar".

"Mete o dedo no cu e cale a boca."

"Veadinho russo!"

"Eu vou até aí."

"O cara malvado quer vir até aqui! E o que você vai fazer então? Vamos, venha logo, sua bichinha. Já estou com medo."

"Essa aí tem um parafuso a menos", disse Tchick.

O vão entre os dois montes de lixo era tão inclinado que a gente precisaria de no mínimo três minutos para subir até o outro lado.

"Quanta merda!", disse Tchick.

"Mangueiras!", gritei. Aos poucos, esses xingamentos estavam me enchendo o saco. "A gente estava procurando mangueiras. E você?"

Uma gralha voou sobre os montes. Escorregando, aterrissou sobre um grande pedaço de metal. A garota não respondeu. Ela simplesmente voltou a se encostar na parede do armário.

"E você?", gritei.

Durante um bom tempo, somente suas panturrilhas sujas estavam visíveis. Depois de um tempo, apareceu uma mão.

"As mangueiras estão do outro lado."

"O quê?"

"Do outro lado."

"Ela está querendo se mostrar", disse Tchick.

"Eu escutei direitinho o que você disse", a garota gritou numa altura inacreditável.

"E daí?"

"Estrangeiro da porra!"

"Do outro lado onde?", perguntei.

"Ora, para onde estou apontando?"

Dava para ver os joelhos e a mão e, para ser sincero, a mão apontava para algum lugar no céu. Durante alguns minutos se fez silêncio. Desci do nosso monte de lixo e subi no da garota.

"Do outro lado onde?", perguntei, ao me postar diante da parede do armário, ofegante.

A garota estava deitada, imóvel, e encarava o meu pescoço. "Venha aqui. Vamos, venha aqui."

"Do outro lado onde?", eu disse, e de repente ela se levantou de um salto. Assustado, dei um passo para trás e quase caí. Logo atrás de mim havia um declive de alguns metros. "Você sabe onde estão as mangueiras ou não?"

"E você é a bicha com o namorado estrangeiro, certo?" Ela tirou um pedaço de fruta que eu não tinha percebido da minha camiseta. Depois pegou sua pequena caixa de madeira do armário, grudou-a debaixo do braço e foi na frente. Subiu o próximo monte e depois no seguinte e daí ficou parada, apontando para baixo: "Ali!".

No pé do monte de lixo havia um pequeno amontoado de metal velho e atrás, um amontoado grande de mangueiras. Mangueiras longas, curtas, de todos os tipos. Tchick, que tinha vindo atrás de nós por outro caminho, catou imediatamente uma mangueira grossa de máquina de lavar. "Cotovelo embutido!", ele disse, sorrindo. A garota não mereceu nem um olhar dele.

"Cotovelos não prestam", eu disse. Desatarraxei a mangueira de um chuveirinho.

"Para que vocês querem isso?"

"Cotovelos sempre são bons", disse Tchick, segurando a extremidade curva dentro do galão.

"Ei, eu te perguntei uma coisa", disse a garota.

"O que foi?"

"Para que você quer isso?"

"Para o meu pai, de aniversário."

Curiosamente, ela não saiu xingando. Seu rosto demonstrou nervosismo. Ela falou: "Mostrei essa porcaria pra vocês e agora podem me dizer pra que estão precisando disso".

Tchick estava ajoelhado no amontoado, examinando uma mangueira de máquina de lavar depois da outra, segurando-as junto ao galão.

"Para quê?"

"Roubamos um carro", disse Tchick. "E agora precisamos ainda roubar a gasolina."

Ele assoprou através de uma mangueira imensa e, ao mesmo tempo, ficou olhando a garota.

Ela bombardeou-o com mais ou menos cem palavrões. "Estava na cara, seus hiper-mega-blaster-debiloides. Eu mostrei a porcaria pra vocês. Façam o que quiserem." Ela esfregou a manga no rosto e depois se sentou com sua caixa de madeira sobre um pneu de trator. Eu segurava minha mangueira de chuveiro e usei-a para fazer um sinal para Tchick para irmos embora. Munidos de galão e três mangueiras, nos pusemos no caminho de volta.

"De verdade, o que vocês querem com isso?", a garota perguntou às nossas costas.

"Você enche o saco."

"Vocês têm alguma coisa de comer?"

"A gente tem cara disso?"

"Vocês têm cara de debiloides."

"Você está se repetindo."

"Vocês têm grana?"

"Para você ou o quê?"

"Sem mim vocês nunca teriam encontrado elas."

"Vá se foder."

Tchick e a garota ainda estavam se insultando enquanto estávamos quase longe o bastante para os gritos não serem mais ouvidos. Ele virava para trás o tempo todo e gritava umas bobagens para ela, e ela gritava de volta lá do monte de lixo. Preferi ficar fora dessa.

Mas daí ela desceu correndo até nós. E logo fiquei com uma sensação esquisita quando vi *como* ela corria atrás da gente. Normalmente as garotas não sabem correr, ou só daquele jeito desengonçado. Porém ela sabia correr. E corria com sua caixa de madeira no braço, como se fosse questão de vida ou morte. Eu não estava com medo de ela estar vindo correndo assim na nossa direção. Mas me sentia um pouquinho desconfortável, isso sim.

"Estou com fome", ela disse ao ficar parada na nossa frente, respirando pesado. Ela nos olhava como se estivesse assistindo à televisão.

"Lá trás tem amoras silvestres", eu disse.

Ela fez um círculo ao redor da boca com o indicador e disse: "E eu pensei que vocês eram bichas. Por causa do batom".

Tchick e eu simplesmente continuamos a andar, e Tchick me sussurrou de novo que ela tinha um parafuso solto.

Mas não chegamos muito longe quando a escutamos gritar de novo.

"Ei", ela gritou.

"Ei o quê?"

"Onde? As amoras, cara! Onde estão as amoras?"

30

O caminho de volta me pareceu bem mais curto do que o de ida. Talvez porque a garota falava sem parar. Primeiro ela veio atrás da gente; a seguir, entre a gente; e depois, do outro lado do caminho. Tchick tapou o nariz uma vez e olhou para mim, e era isso. Ela fedia. A garota fedia de uma maneira terrível. Não deu para perceber no depósito de lixo porque o depósito inteiro fedia. Mas ela exalava um fedor medonho. Um quadrinista teria desenhado umas mosquinhas ao redor da sua cabeça. E, além disso, ela falava sem parar. Não me lembro exatamente de tudo o que ela falou, mas ela perguntou, por exemplo, onde morávamos, se íamos à escola, se éramos bons em matemática (isso era bastante importante para ela, se éramos bons em matemática). E se tínhamos irmãos, se conhecíamos as coisas sobre o infinito de Cantor e assim por diante. Mas na nossa vez de perguntar por que ela queria saber tudo isso, nunca vinha uma resposta. E mesmo o que ela estava procurando no depósito de lixo — zero resposta.

Em vez disso, ela dizia que mais tarde iria querer trabalhar na televisão. Seu sonho era apresentar um programa de perguntas, "porque a gente fica bonita e lida de algum jeito com as palavras". Ela tinha uma prima que trabalhava com isso, um "trabalho superlegal" e ela era "totalmente superqualificada" e só era preciso trabalhar de noite.

Depois de ter falado o suficiente sobre a televisão, ela voltou a tirar sarro do roubo de carro e disse que Tchick até que era um cara engraçado, sim, até que era, e ela teve de rir muito *internamente* sobre essa piada com o carro, e Tchick coçou a cabeça e falou, sim, ela tinha razão, ele era mesmo um cara bastante engraçado, e por isso ele iria dar uma mangueira ao pai de aniversário.

"E você é mais do tipo caladão", disse a garota dando um tapinha no meu ombro. Ela perguntou mais uma vez se eu *realmente* ia à escola e eu pensei: tomara que as amoras cheguem logo, senão nunca mais a gente vai se livrar dela.

Pensei também que, em algum momento, a garota iria resolver voltar, mas ela caminhou uns três ou quatro quilômetros ao nosso lado até esse arbusto de amoras. Nesse meio-tempo, eu estava sentindo fome de novo e Tchick também, e nós atacamos as amoras em trio.

"Temos de dar um jeito de nos livrar dela", Tchick sussurrou, e eu olhei para ele como se ele tivesse dito que não deveríamos serrar nossos pés.

E daí a garota começou a cantar. Primeiro bem baixinho, em inglês, sempre fazendo pequenas pausas para morder as amoras.

"Agora, ainda por cima, ela está cantando merda", disse Tchick, e eu não disse nada, porque na realidade ela não estava cantando merda. Ela cantava "Survivor" da Beyoncé. Sua pronúncia era absurda. Ela não sabia nada de inglês, apenas imitava as palavras. Mas cantava maravilhosamente bem. Com cuidado, afastei um galho da minha frente com o polegar e o indicador e, entre as folhas, olhei para a garota que estava no meio do arbusto, cantando, mastigando e assobiando. Ainda por cima, o gosto de amora na minha própria boca e o anoitecer vermelho-alaranjado sobre as coroas das árvores e, ao fundo, o barulho contínuo da estrada — comecei a ter uma sensação muito estranha.

"Vamos continuar sozinhos agora", disse Tchick quando estávamos de volta na trilha.

"Como assim?"

"Temos de ir para casa."

"Vou junto. É meu caminho também", disse a garota, e Tchick falou: "Esse não é seu caminho porra nenhuma".

Ele explicou quase umas quinhentas vezes para ela que não queríamos sua companhia, mas ela apenas dava de ombros e nos seguia, e por fim Tchick parou na frente dela e disse: "Sabe que você fede? Você fede feito um monte de cocô. Agora se manda".

Enquanto continuávamos, por algumas vezes tive a impressão de que ela ainda nos acompanhava. Mas ela parecia ter ficado mais lenta, e logo não dava mais para reconhecê-la. A escuridão forçava a passagem entre as árvores. Ouvimos um farfalhar no chão, mas talvez tenha sido somente um animal.

"Se ela nos seguir, ferrou", disse Tchick.

Para termos certeza, andamos um pouco mais rápido e, depois de uma curva, nos escondemos atrás de uns arbustos e esperamos. Esperamos pelo menos cinco minutos, e quando a garota não veio se esgueirando atrás de nós, voltamos ao posto de gasolina.

"Você não precisava ter falado aquilo do fedor."

"Eu tinha de falar alguma coisa. E, cara, ela fedia pra caramba! Com certeza ela mora naquele monte de lixo. Argh."

"Mas ela cantava bem", falei depois de um tempo. "E claro que ela não mora no depósito de lixo."

"Então por que ela fica perguntando por comida?"

"É, mas não estamos na Romênia. Aqui ninguém mora no depósito de lixo."

"Você não percebeu como ela fedia?"

"A gente deve estar fedendo do mesmo jeito agora."

"Ela mora lá, com certeza. Fugiu de casa. Acredite, conheço essa gente. Ela é maluca. Uma figura, mas completamente pinel."

Dava para ver as primeiras estrelas à esquerda, sobre a estrada. Foi difícil reconhecer o caminho, e eu sugeri caminhar diretamente ao lado da pista, à luz dos faróis, porque senão a gente provavelmente iria se perder. Embora esse argumento fosse ridículo, porque na floresta dava para ouvir o ruído da estrada o tempo todo. Mas, sinceramente, eu estava com um pouquinho de medo por causa do escuro. Também não sei por quê. Medo de criminosos andando por aí era difícil. Os únicos criminosos andando por essa floresta éramos nós, com certeza. Mas talvez fosse o fato de perceber isso o que me inquietava. E fiquei aliviado quando os néons do posto de gasolina brilharam entre as folhagens.

31

A primeira coisa que fizemos foi comprar sorvete e Coca-cola. Escondemos o galão e as mangueiras atrás da muretinha de segurança, fomos andando até o estacionamento enquanto tomávamos os sorvetes e, ao passar do lado dos carros parados, testávamos as tampas dos tanques. Não dava para abrir nenhuma delas. Eu estava quase me desesperando quando finalmente Tchick encontrou um Golf velho com a tampa do tanque quebrada.

Esperamos até estar escuro feito breu e não haver vivalma por ali para começar o trabalho.

A mangueira da máquina de lavar era tão pouco flexível que servia apenas para ser jogada fora. Mas conseguimos meter direitinho a mangueira do chuveiro para dentro do tanque. Só que infelizmente não saiu gasolina, embora o tanque estivesse cheio. Os últimos quinze centímetros da mangueira estavam molhados.

Depois de eu ter chupado dez vezes e mesmo assim não sair nada, e Tchick também ter tentado dez vezes, ele olhou para mim e disse: "Que livro era aquele? Quem te mostrou?".

E eu não estava nem um pouco a fim de explicar que livro era aquele. Continuei chupando e acabei percebendo que conseguia puxar a gasolina para o alto da mangueira. Certa vez ela chegou até os meus lábios, mas não saíram mais de três gotas no final. Ajoelhamos entre os carros estacionados e nos entreolhamos.

"Eu sei como funciona", disse Tchick por fim. "Você enche a boca e cospe no nosso tanque. Cem por cento garantido."

"E por que eu?"

"A ideia foi minha."

"Tenho uma melhor: você ainda está com a bolinha de tênis?"

"Ah, cara", disse Tchick. "Ah, cara. Não vai dar."

"Mais escuro, impossível. Ninguém está vendo a gente."

"Não vai dar", disse Tchick olhando para mim, como se todo o seu corpo lhe doesse. "Você não acreditou nisso de verdade, ou...? Não dá para abrir um carro com uma bolinha de tênis. Senão qualquer um faria isso. O Lada estava sempre aberto, você não percebeu? A fechadura está quebrada ou o proprietário nunca trancou, sei lá. Acho que ele nunca trancou. Porque ninguém rouba uma lata velha dessas. Um dia meu irmão descobriu isso e... Não olhe assim pra mim! Meu irmão também zoou comigo com a bolinha de tênis... Ops! Não se vire."

"O que foi?"

"Abaixe a cabeça. Tem alguém lá nos contêineres."

Encostei-me de lado no Golf e tentei olhar cuidadosamente sobre meu ombro.

"Foi embora. Havia uma sombra atrás da muretinha de proteção, onde fica o contêiner das garrafas."

"Então vamos dar o fora."

"Ele voltou. Vou dar uma fumada."

"O quê?"

"Disfarce."

"Merda de disfarce, vamos dar o fora."

Tchick se levantou e, ao mesmo tempo, empurrou com o pé as mangueiras e galão para baixo do Golf. Fez um barulho dos infernos. Levantei-me com cuidado. Alguma coisa se movimentava atrás dos contêineres. Olhei de rabo de olho.

"Podem ser galhos, também", Tchick murmurou. Ele acendeu um cigarro, bem em cima do tanque.

"Jogue logo o fósforo lá dentro."

Ele tragou umas vezes e começou com exercícios de alongamento. Provavelmente esse foi o disfarce mais idiota que eu já tinha visto em toda a minha vida.

Depois, fomos até o Lada num passo extralento. Enquanto nos afastávamos, fechei a tampa do tanque com o quadril.

"Seus babacas!", alguém gritou atrás de nós.

Olhamos para a escuridão da qual a voz tinha vindo.

"Estou rondando vocês há uma meia hora e vocês não percebem, seus babacas! Profissionais de primeira!"

"Dá pra gritar um pouquinho mais alto?", perguntou Tchick, e ficou parado.

"E, ainda por cima, fumar!"

"Mais alto? Por favor, grite para todo o estacionamento poder ouvir."

"Até pra se foder vocês são idiotas demais!"

"Certo. Agora, por favor, se manda."

"Já ouviu falar de chupar a gasolina?"

"E o que estamos fazendo aqui o tempo todo? Ande, suma daqui!"

"Psiu!", eu disse.

Tchick e eu estávamos ajoelhados entre os carros, somente a garota não estava se importando com nada, claro. Ela deu uma olhada em todos os cantos do estacionamento.

"Não tem ninguém aqui, seus medrosinhos. Onde está a mangueira?"

Ela puxou nossos equipamentos de debaixo do Golf. Depois, meteu uma extremidade da mangueira no tanque e a outra, mais um dedo, na boca. Ela chupou dez, quinze vezes, como se fosse beber ar, e em seguida tirou a mangueira com o dedo em cima de dentro da boca.

"Certo. Onde está o galão?"

Eu entreguei o galão para ela, ela segurou a mangueira na abertura e a gasolina saiu do tanque, sozinha, e não parava de sair.

"Como não deu certo com a gente?", sussurrou Tchick.

"Isso aqui precisa estar debaixo do nível d'água", a garota falou.

"Ah, é, debaixo do nível d'água", falei.

"Ah, é", disse Tchick, e observamos o galão ir enchendo aos poucos. A garota se sentou no chão, esperando, e quando não saía mais nada, ela fechou o galão. Tchick sussurrou: "Nível de qual água?".

"Pergunte você pra ela, bundão", sussurrei de volta.

32

E assim ficamos conhecendo Isa. Com os cotovelos apoiados sobre os encostos dos bancos da frente, ela assistia atentamente do banco de trás como Tchick dava partida no Lada e acelerava. E, claro, a gente não estava curtindo nem um pouco a situação. Mas depois desse caso com a gasolina era difícil não dar nem uma caroninha para ela. Ela fazia questão, e depois que soube que éramos berlinenses, afirmou que esse era exatamente o seu caminho. E quando explicamos que não estávamos indo para Berlim, retrucou dizendo que esse era exatamente o seu caminho. Além disso, ela queria descobrir para onde estávamos indo, mas como ela também não conseguia nos dizer para onde queria ir, dissemos-lhe apenas que estávamos indo mais ou menos para o sul, e daí ela se lembrou de uma meia-irmã em Praga, que tinha de visitar com urgência. E, afinal, Praga ficava praticamente no caminho e, como eu disse, era difícil não fazer sua vontade porque sem ela a gente não estaria nem com gasolina.

Ao chegarmos na estrada, todas as janelas estavam abertas. Apesar disso, dava para sentir o cheiro, mesmo se não tão forte. Tchick já não tinha mais problemas com a estrada, ele andava feito Hitler em seus melhores dias, e Isa, sentada atrás, não fechava a matraca. De repente, ela ficou toda elétrica, balançando nossos encostos ao falar. Não que eu estivesse achando normal, mas em comparação com os xingamentos de antes, não deixava de ser um progresso. E aquilo que ela falava nem sempre era desinteressante. Quero dizer, ela não era idiota do seu jeito, e até Tchick depois de um tempo mordeu os lábios e escutou-a, assentindo com a cabeça. Sim, ele também já tinha notado que os espelhos da direita e da esquerda estavam trocados, mas não em cima e embaixo.

Apesar disso, o clima tenso entre eles ainda não tinha passado totalmente. Quando Isa meteu a cabeça para a frente, entre os bancos, Tchick apontou para o seu cabelo e disse: "Tem bicho morando aí", e Isa puxou a cabeça imediatamente de volta e disse: "Eu sei", e um, dois quilômetros adiante ela perguntou: "Vocês por acaso não têm uma tesoura? É que eu preciso cortar o cabelo".

Tentamos descobrir onde estávamos por meio das placas nas saídas. Mas ninguém conhecia os nomes das cidades. Eu estava achando que a gente não tinha conseguido avançar nada com nossas estradas de terra e caminhos entre os campos. Mas também tanto fazia. Pelo menos para mim. A estrada havia tempos não ia mais para o sul, e em algum lugar a gente saiu dela e voltamos a percorrer caminhos de terra e seguir o sol.

Isa exigiu escutar nossa única fita cassete e depois de uma música ela ordenou que a jogássemos pela janela. Mais tarde apareceu uma imensa cadeia de montanhas diante de nós, no horizonte, e fomos na direção dela. Incrivelmente alta e com picos de pedras lá em cima. Não fazíamos ideia de que montanhas se tratava. Também não havia placa. Com certeza, não eram os Alpes. Mas será que a gente ainda estava na Alemanha? Tchick jurava que no Leste da Alemanha não havia montanhas. Na opinião de Isa, havia sim, algumas, mas elas tinham no máximo um quilômetro de altura. E eu me lembrei que a última coisa que estudamos em geografia tinha sido a África. Antes disso, América, antes ainda o Sudeste da Europa, e que nunca chegamos mais perto da Alemanha. E agora essas montanhas, que não deviam estar aí. Pelo menos, todos concordávamos que elas não deviam estar aí. Demorou mais quase meia hora para começarmos a serpentear para o alto.

Escolhemos o caminho mais estreito, e, com muito esforço, o Lada conseguiu vencer a subida na primeira marcha. Os campos, à direita e à esquerda, se pareciam com toalhas estendidas sobre o terreno íngreme. Em seguida veio a floresta, e quando ela terminou chegamos a uma garganta com um lago cristalino dentro. Um lago minúsculo. Metade dele estava envolto por rochas cinza-claras e de um lado uma construção de concreto e ferro — o resto de uma barragem ou algo semelhante. E, fora nós, ninguém. Estacionamos o Lada lá embaixo, junto ao lago. Da barreira de concreto dava para enxergar o vale e o pico de todas as montanhas. Apenas a algumas centenas de metros abaixo de nós havia uma pequena cidade. O lugar ideal para pernoitar.

O lago parecia frio demais para tomar banho. Eu estava na margem ao lado da Isa e inspirei profundamente — e Tchick foi até o carro e voltou com algo que escondia com discrição atrás das costas. Tínhamos tido a mesma ideia. A um sinal de Tchick, catamos Isa e a jogamos no lago.

Quando ela submergiu, uma fonte jorrou para o alto, na vertical, e depois uma segunda quando ela emergiu de novo e se debateu com os braços. Foi somente nesse momento que me toquei que a gente não fazia a mínima ideia se ela nadava ou não. Ela gritava e chapinhava de maneira lamentável. Mas era tão exageradamente lamentável e no melhor estilo cachorrinho de natação, sem afundar nem um milímetro, que dava para perceber exatamente que ela sabia nadar. Ela sacudiu o cabelo molhado, deu algumas braçadas e nos xingou. Tchick jogou-lhe um frasco de sabonete líquido. E enquanto eu ainda refletia se era para achar a situação engraçada ou ter pena, levei um empurrão nas costas e também cai no lago. Ele estava mais do que frio. Mergulhei e gritei, e Tchick ficou na margem, rindo. Isa xingava e ria alternadamente.

A barreira de concreto era alta demais para sair por lá e tivemos de cruzar o lago todo até o único lugar mais baixo. Enquanto nadávamos, Isa não parou de me xingar, dizendo que eu era ainda mais babaca do que meu amigo gay, me chutando debaixo d'água. Começamos a brigar. Nesse meio-tempo, Tchick caminhou até o carro, assobiando, vestiu um calção de banho e voltou com um cigarro no canto da boca e uma toalha sobre os ombros.

"É assim que um cavalheiro pratica natação", disse ele fazendo cara de gente elegante e saltando de cabeça na água.

Nós o xingamos em conjunto.

Ao chegarmos numa altura onde dava pé, Isa imediatamente tirou a camiseta e a calça e começou a se ensaboar. Isso era mais ou menos a última coisa que eu imaginava que pudesse acontecer.

"Maravilha", ela disse. Ela estava com a água nos joelhos, olhando para a paisagem, esfregando o cabelo, e eu não sabia para onde olhar. Olhava uma vez pra lá, outra pra cá. O corpo dela era realmente bonito e a pele estava arrepiada. A minha também estava arrepiada. Tchick foi o último a chegar nadando até a parte rasa e foi engraçado: as discussões acabaram. Ninguém falou nada, ninguém xingou e ninguém fez piada. Apenas nos lavávamos, arfávamos de frio e acabamos usando todos a mesma toalha.

Com a vista das montanhas e vales envoltos na neblina da noite, comemos um pacotinho de ursinhos de goma, que ainda tinha sobrado do supermercado Norma. Isa estava usando uma camiseta minha e a calça brilhante da Adidas. Suas roupas malcheirosas ficaram lá trás, na margem do lago, e por ali permaneceram para sempre.

Nessa noite, fizemos várias tentativas para descobrir de onde ela vinha e para onde realmente queria ir, mas tudo o que ela contava eram histórias malucas. Ela não queria de jeito nenhum revelar o que estava fazendo no depósito de lixo ou o que havia dentro da caixa de madeira que carregava para todo lado. A única coisa que deixou escapar era que se chamava Schmidt. Isa Schmidt. Ou essa foi a única coisa em que acreditamos.

33

Bem cedo na manhã seguinte, Tchick saiu caminhando sozinho a fim de comprar alguma coisa de comer na cidade lá embaixo. Meio sonolento, deitado sobre o colchão de ar, eu olhava para a paisagem do dia que raiava, e Isa estava diante do porta-malas aberto do Lada perguntando mais uma vez se não tínhamos por acaso uma tesoura e se eu não poderia cortar o cabelo dela.

Realmente havia uma tesourinha bem pequena na caixa de primeiros socorros, mas eu nunca tinha cortado cabelo antes. Isa não se importava; ela queria tirar tudo, menos uma franja na frente. Ela se sentou na beira da barragem, tirou a camiseta e disse: "Comece".

Depois de um tempo, ela se virou para mim e perguntou: "Por que você não começa? Não quero que a camiseta fique cheia de fios de cabelo".

Então comecei. No início tentei não ficar tocando a cabeça de Isa com a mão o tempo todo, mas é difícil transformar alguém num *skinhead* com uma tesoura tão minúscula sem se apoiar. E é ainda mais difícil não ficar olhando o tempo todo para um peito nu pendurado com tamanha naturalidade diante da gente.

"Olha lá, o cara está batendo uma punheta", disse Isa. Olhei para o limite da floresta. Havia um homem mais velho diante das árvores, ou seja, não atrás das árvores, mas na frente, com a calça arriada até os joelhos, sacudindo o rabo.

"Ooopa", falei e abaixei a tesoura.

Isa levantou-se de um pulo, recolheu feito um raio algumas pedras e começou a correr. Ela subiu e foi na direção do velho. Enquanto corria, começou a atirar as pedras. Elas voavam no ar por no mínimo uns cinquenta metros, como se estivessem presas a um barbante, e isso não me espantou nem um pouco. É lógico que quem sabe correr também sabe atirar. A princípio, o homem continuou bombando, mas quando Isa chegou bastante perto, de repente ele subiu as calças e saiu tropeçando para dentro da floresta. Isa o seguiu gritando alto e movimentando os braços feito louca, mas dava para ver que ela não estava mais atirando pedras. Na beira da floresta, ela deu meia-volta. Sem fôlego, voltou e se sentou em seu lugar.

Devo ter ficado um tempo petrificado, pois em algum momento ela cutucou minha coxa e disse: "Continue".

Faltava apenas a franja. Ajoelhei-me diante de Isa para conseguir fazer uma linha reta e me esforcei em não parecer, nem de longe, que eu olhava para outro lugar senão para essa franja. Segurei a tesoura bem na horizontal e fiz um primeiro corte cuidadoso. Daí afastei o tronco para trás como um artista de verdade e fiz um segundo corte. As pontas do cabelo escorriam pelos olhos estreitos e caíam no chão.

"Não precisa ser retinho", disse Isa, "afinal, o resto também está todo ferrado."

"Nada disso. Ficou superbom", eu disse. E sem mostrar entusiasmo: "Você está linda".

E foi só. Quando terminei, Isa sacudiu os fios cortados e ficamos sentados lado a lado sobre a barragem, olhando a paisagem e esperando que Tchick voltasse. Isa ainda não tinha vestido sua camiseta, e diante de nós erguiam-se as montanhas com sua neblina matinal em tons de azul, que nadava nos vales da frente, e mais a neblina amarela nos vales de trás, e eu me perguntei por que isso era tão bonito. Na verdade, quis dizer *como* era bonito ou, de todo modo, como eu achava bonito e por que, ou, pelo menos, eu não conseguia explicar o porquê, e em algum momento achei que talvez essa explicação não fosse necessária.

"Você já transou alguma vez?", Isa perguntou.

"O quê?"

"Você me escutou."

Ela tinha colocado a mão sobre o meu joelho, e parecia que alguém tinha jogado água quente sobre o meu rosto.

"Não", respondi.

"E daí?"

"E daí o quê?"

"Você quer?"

"Eu quero o quê?"

"Você já me entendeu."

"Não", eu disse.

Minha voz saiu bem aguda e esganiçada. Depois de um tempo, Isa tirou a mão e ficamos calados por no mínimo dez minutos, e ainda nem sinal de Tchick. De repente, as montanhas e o resto me pareceram sem graça nenhuma. O que a Isa tinha acabado de dizer? O que eu tinha respondido? Eram apenas umas quatro palavras, mas... qual o seu significado? Meu cérebro começou a funcionar a mil por hora, e acho que eu precisaria de umas quinhentas páginas para anotar tudo o que se passou pela minha cabeça nos cinco minutos seguintes. Provavelmente a situação não foi muito emocionante, só é emocionante quando a gente mesmo passa por uma situação dessas. O que mais me intrigava era se a Isa estava falando sério e também se eu também estava falando sério quando disse que não queria transar com ela, caso eu tenha dito isso. Na verdade, porém, eu não queria transar com ela. Eu achava a Isa o máximo e cada vez mais o máximo, mas sinceramente eu achava que bastava estar sentado ao lado dela nessa manhã nublada e sua mão sobre o meu joelho, e era superdeprimente que ela tivesse tirado a mão. Precisei de uma eternidade até conseguir formular mentalmente uma frase que pudesse dizer. Fiquei treinando essa frase na cabeça umas dez vezes, e daí falei com uma voz que parecia que eu estava à beira de um infarto: "Mas eu gostei do lance com sua... ahrnnn. Sua mão no meu joelho".

"É?"

"Sim."

"E por quê?"

E por que, meu Deus? O próximo infarto.

Isa colocou o braço ao redor dos meus ombros.

"Você está tremendo", ela disse.

"Eu sei", falei.

"Você não sabe de muitas coisas."

"Eu sei."

"A gente poderia começar se beijando. Se você quiser."

Nesse momento, Tchick vinha subindo pelas pedras com dois saquinhos de pão e a coisa de se beijar furou.

34

Em vez disso, a programação foi subir a montanha. Afinal, nunca planejamos o que queríamos fazer, mas enquanto tomávamos o café da manhã, ficamos o tempo todo olhando para essa montanha, que parecia ser a mais alta de todas, e em algum momento ficou claro que tínhamos de subir até lá. O que não estava claro era como fazer isso. Isa achou que a pé era o melhor. Eu também achei, mas Tchick disse que ir a pé era idiotice. "Se você quiser voar, use um avião, para lavar roupa, use uma lavadora, e se você quiser subir a montanha, use o carro", disse ele. "Afinal, não estamos em Bangladesh."

Então ficamos dando voltas no morro através da floresta, mas era difícil encontrar a saída correta para o alto. Atrás da montanha, apenas um caminho serpenteava serra acima, e daí rastejamos pelas pedras até uma pequena passagem. De lá o caminho voltava a descer, e acabamos tendo de ir a pé até o pico.

Ou escolhemos o lado onde os turistas não estavam ou realmente éramos os únicos nessa manhã — tanto faz, durante todo o caminho pela área, só topamos com carneiros e vacas. Precisamos de duas horas para chegar bem lá em cima, mas valeu a pena, e a vista era parecida com aqueles cartões-postais maravilhosos. No pico mais alto havia uma cruz de madeira imensa, e mais embaixo uma cabana pequena, e a cabana inteira estava coberta com gravações na madeira. Nos sentamos e ficamos lendo as letras e os números. CKH 23.4.61. Sonny 86. Hartmann 1923.

O mais antigo que conseguimos encontrar foi "Anselm Wail 1903". Letras antiquíssimas em madeira antiquíssima, escura, e mais a vista das montanha, o ar quente de verão e um cheiro de feno que subia do vale.

Tchick pegou seu canivete e também começou a gravar. E enquanto tomávamos sol, conversávamos e observávamos Tchick gravando, fiquei o tempo todo pensando que daqui a cem anos estaríamos mortos, sem exceção. Assim como Anselm Wail estava morto. Sua família também estava morta, seus filhos estavam mortos, todos que o conheceram também estavam mortos. E se ele tivesse feito ou construído algo na sua vida ou até deixado de herança, isso provavelmente também estaria morto, destruído, arrasado por duas guerras mundiais, e aquilo que tinha restado de Anselm Wail era esse nome num pedaço de madeira. Por que ele o tinha gravado ali? Talvez estivesse no meio de uma grande viagem como nós. Talvez também tivesse roubado um carro ou uma charrete ou um cavalo ou o que eles usavam na época e veio cavalgando até aqui e passou bons momentos. Mas quem ele era tanto fazia, ninguém mais se interessaria por isso, porque não tinha sobrado nada de sua alegria, da sua vida e de todo o resto, e somente aqueles que subiam até o pico ouviriam falar de Anselm Wail. E pensei que a mesma coisa aconteceria com a gente, lógico, e daí desejei que Tchick tivesse gravado nossos nomes inteiros na madeira. Mas levou quase uma hora apenas para essas seis letras e dois números. Ele trabalhou com capricho e apareceu:

AT MK IS 10

"Agora todos pensam que estivemos aqui em 1910", disse Isa. "Ou em 1810."

"Gostei", eu disse.

"Eu também", disse Tchick.

"E se um engraçadinho aparecer e meter umas letras no meio, vai ficar ATOMKRISE 10", disse Isa, "a famosa crise atômica do ano 2010."

"Ah, cale a boca", disse Tchick, mas até que achei bem divertido.

Porém o fato de agora nossas iniciais estarem ao lado das outras iniciais, feitas pelos mortos, no final acabou me deixando meio grilado.

"Não sei o que vocês acham", eu disse, "mas todas as pessoas aqui, o tempo — quero dizer, a morte." Cocei atrás da orelha e não sabia o que queria dizer. "Eu queria dizer", eu disse, "acho legal a gente estar aqui agora e estou feliz por estar com vocês aqui. E pelo fato de sermos amigos. Mas nunca se sabe por quanto tempo — quero dizer, não sei por quanto tempo o Facebook ainda vai existir —, na verdade eu gostaria de saber o que vai ser de vocês daqui a cinquenta anos."

"Daí você simplesmente dá uma googlada", disse Isa.

"E dá para googlar Isa Schmidt?", perguntou Tchick. "Não tem milhares delas?"

"O que eu queria mesmo é sugerir outra coisa", falei. "E se a gente simplesmente se encontrasse de novo, daqui a cinquenta anos? Exatamente aqui, daqui a cinquenta anos. No dia 17 de julho, às cinco da tarde de 2060. E mesmo se a gente tiver ficado trinta anos sem notícias uns dos outros. Que a gente volte até aqui, independentemente de onde estivermos no momento, se formos executivos da Siemens ou morarmos na Austrália. Vamos jurar isso e daí nunca mais tocamos no assunto. Ou será que isso é uma babaquice?"

Não, eles não acharam uma babaquice. Ficamos ao redor dessa gravação e juramos, e acho que todos ficamos pensando se seria possível estarmos vivos daqui a cinquenta anos e de volta aqui. E que seríamos anciãos carcomidos, algo que eu achava inimaginável. Que provavelmente subiríamos a montanha com muito esforço, que todos teríamos nossos carros idiotas, que provavelmente ainda seríamos os mesmos internamente e que pensar em Anselm Wail ainda me derrubaria tanto quanto hoje.

"Combinado", disse Isa, e Tchick queria que fizéssemos um corte no dedo e pingássemos uma gota de sangue nas iniciais, mas Isa falou que a gente não era Winnetou e esses outros índios, e então deixamos pra lá.

Ao descermos, enxergamos dois soldados bem abaixo de nós. No passo, onde o Lada estava estacionado, havia agora alguns ônibus de turismo. Isa foi imediatamente até um deles, com alguma coisa ilegível escrita, e falou com o motorista. Tchick e eu ficamos assistindo do Lada, e daí Isa veio correndo até onde estávamos e perguntou:

"Vocês têm trinta paus? Não posso devolver para vocês agora, mas mais tarde, prometo! Minha meia-irmã tem dinheiro, ela ainda está me devendo — e eu preciso ir por ali."

Fiquei atônito. Isa tirou sua caixinha de madeira do Lada, olhou para mim e para Tchick com o rosto meio deitado e disse: "Com vocês eu nunca vou conseguir. Sinto muito". Ela abraçou Tchick, depois me encarou por um tempo e me beijou na boca. E se virou para o ônibus de turismo. O motorista acenou. Tirei os trinta euros do bolso e lhe entreguei sem dizer nada. Isa me abraçou mais uma vez e saiu correndo. "Dou notícias!", ela gritou. "Vou te devolver!" E eu sabia que nunca a veria novamente. Ou o mais cedo em cinquenta anos.

"Você não se apaixonou de novo, ou...?", perguntou Tchick, ao me levantar do asfalto. "Fala sério, você tem o maior mel com as damas, ou como a gente diz mesmo?"

35

O sol batia direto; à distância, o asfalto parecia metal líquido. Já tínhamos deixado as montanhas fazia um tempo, e Tchick ia na direção de um entroncamento no qual os carros estavam parados na rua, não se movimentavam. Eles tremiam levemente no calor do meio-dia, como se estivessem debaixo d'água. Não era um bloqueio, talvez fosse um acidente, mas um carro tinha um giroflex de cor azul sobre o capô.

Tchick imediatamente dobrou à direita numa estradinha de terra entre altos postes de luz. O caminho era largo o suficiente para ser trafegado por um caminhão, mas completamente tomado pela grama, como se ninguém o utilizasse havia tempo. A polícia, pelo que parecia, não tinha nos percebido. Entretanto, também só conseguimos enxergá-la durante poucos segundos, pois a estradinha de terra se transformou, após algumas curvas, numa floresta de bétulas. Debaixo das bétulas grandes, bétulas pequenas, e debaixo das pequenas, outras menores ainda, de modo que o campo de visão se limitava a poucos metros. O céu continuava no alto e, de vez em quando, surgiam alguns postes. A estrada ficava cada vez mais estreita e não dava a impressão de que levaria a um lugar qualquer. Por fim, ela terminou num portão de madeira, pendurado torto nas dobradiças. Atrás dele, estendia-se até o horizonte um terreno pantanoso, e esse terreno lamacento era tão diferente de toda a paisagem de antes que nos entreolhamos: onde é que viemos parar?

Trocamos rapidamente uma ideias e depois eu desci e abri o portão. Tchick passou e eu o fechei de novo.

Trechos levemente abaulados, um pouco mais claros, entre eles um charco verde-escuro, quase violeta. No charco, grandes quadrados de concreto espalhados, nos quais havia hastes de metal espetadas, com uma marcação em amarelo na ponta. Primeiro eram apenas alguns quadrados, porém quanto mais avançávamos, mais o terreno ficava cheio desses blocos de concreto com a haste de metal dentro. Um a cada par de metros, até o horizonte. Dava para começar a tocar Richard Claydermann de novo, a imagem era tão desoladora como o plim-plim-plim tristonho do piano. A trilha também se tornava lamacenta aos poucos, Tchick se arrastou em primeira marcha pelos buracos fundos e moles, os postes de luz sempre ao nosso lado. Quatro quilômetros. Cinco quilômetros. O terreno subiu um pouco. A série de postes de luz chegou ao fim, os cabos pendiam do último como cabelos recém-lavados, dez metros depois o mundo tinha chegado ao seu fim.

E uma cena imperdível: a paisagem simplesmente terminava. Descemos do carro e ficamos sobre os últimos montinhos de grama. Diante de nossos pés, a terra tinha sido engolida verticalmente, pelo menos uns trinta, quarenta metros de profundidade, e lá embaixo havia um terreno lunar. Terra branco-acinzentada, crateras tão grandes que dava para construir uma casa dentro de cada uma delas. Um bom pedaço à nossa esquerda começava uma ponte sobre o precipício. Embora ponte seja, provavelmente, a palavra errada. Antes era uma construção de madeira e ferro, como um andaime gigante, que seguia muito reto até a outra margem. Talvez por dois quilômetros, talvez mais. Era difícil avaliar a distância. Também não dava para reconhecer o que havia do outro lado, talvez arbustos e árvores. Atrás de nós o grande charco, diante de nós o grande nada, e se afiássemos os ouvidos também não ouviríamos nadinha. Nenhum canto dos grilos, nada de farfalhar da grama, nada de vento, nada de mosca, nada.

Ficamos matutando um tempo sobre o que seria aquilo, daí fomos a pé inspecionar o andaime. Era mais largo do que parecia de longe. Cerca de três metros e com grossas pranchas de madeira em cima. Não parecia existir outro caminho pelo precipício, e já que não queríamos voltar para trás, Tchick finalmente foi buscar o Lada. Ele rolou alguns metros sobre o andaime — ou sobre a ponte ou o dique ou seja lá o que for — e disse: "Até que vai".

Mas eu não estava totalmente confiante. Subi de novo no carro e percorremos as pranchas de madeira mais lentamente do que se estivéssemos a pé. O barulho que as pranchas faziam era tão oco e assustador que acabei descendo para ir à frente do carro. Eu ficava procurando por pedaços quebrados, forçava com o pé pedaços suspeitos e, entre uma coisa e outra, olhava para o vão de trinta metros. Tchick rolava o carro atrás de mim, mantendo uma boa distância. Se alguém viesse de encontro a nós, passaríamos uma péssima imagem. Por outro lado, esse não era exatamente um trajeto com muito movimento.

Ao nos distanciarmos tanto que mal conseguíamos enxergar o canto do qual havíamos partido, a margem oposta, fizemos uma pausa. Tchick trouxe Coca de dentro do carro e nos sentamos na beirada das pranchas de madeira — ou, pelo menos, foi o que tentamos. A madeira estava tão quente que primeiro era preciso fazer uma sombra por algum tempo para então conseguir sentar. Daí, encaramos a paisagem de crateras, e depois de ter encarado o suficiente essa paisagem de crateras, pensei em Berlim. De uma hora para outra, fiquei com dificuldade de imaginar que, um dia, eu tinha morado lá. Mal conseguia imaginar que tinha ido à escola lá, e eu também não conseguia imaginar que algum dia voltaria a fazer isso.

36

Do outro lado, arbustos ressecados, grama e um tipo de cidade. Uma rua esburacada se metia entre casas em ruínas. As janelas em grande parte não tinham mais vidraças e os telhados estavam descobertos. Nas ruas, não havia placas, carros, máquinas para comprar cigarros, nada. Diante dos jardins, as cercas tinham sido desmontadas havia muito tempo, o mato irrompia de qualquer fresta.

Entramos numa casa de camponeses abandonada e revistamos os quartos. Estantes de madeira embolorada apoiavam-se numa parede. Numa mesa de cozinha, uma lata de conservas vazia e um prato, no chão um jornal de 1995 com uma notícia da mina a céu aberto. Quando tivemos certeza de que não havia mais ninguém em toda a cidade, revistamos mais duas outras casas, mas não encontramos nada de interessante. Velhos cabides de roupas, galochas de borracha quebradas, algumas mesas e cadeiras. Eu esperava ao menos um cadáver em algum lugar, mas não tivemos coragem de entrar nos porões totalmente escuros.

Continuamos a percorrer a cidade de carro. Numa ruína de dois andares, as janelas tinham sido pregadas com madeiras, e sobre as madeiras alguém anotou sinais e números com tinta branca. Ao longo do nosso caminho, havia sinais e números pintados em pedras e postes de cercas, à direita e à esquerda, e no meio apareceu, de repente, um monte gigante de tábuas de madeira. Do lado de fora havia marcas de carro, e Tchick seguiu em frente com cuidado, a primeira marcha engatada, quando aconteceu uma pancada terrível. Nos entreolhamos. O Lada estava parado e veio a próxima pancada, como se alguém martelasse a carroceria do lado de fora. Ou estivesse atirando pedras. Tchick virou um pouco a cabeça e daí percebi que o vidro atrás de nós estava parecido com uma teia de aranha.

Imediatamente desci do carro. Não sei o porquê, mas me joguei na grama atrás do carro e realmente não me lembro dos próximos segundos. Acho que acenei. E sei também — porque Tchick me contou depois — que ele engatou a marcha a ré e me mandou subir no carro, aos gritos. Mas eu tinha rastejado ao longo do carro e acenava, feito bobo, com os braços sobre o capô do radiador. Eu olhava para as ruínas, para as janelas nuas, e enxerguei o que já estava aguardando: numa das aberturas das janelas havia alguém com uma arma em punho. Fiquei olhando por mais um segundo nessa direção e daí ele ergueu a arma e atirou. Um velho.

Ele estava no segundo andar da casa grafitada. Ele tremia, acho, mas não como eu. No caso dele, parecia ser da idade. Por causa do sol ofuscante, ele protegia os olhos com uma das mãos, enquanto eu continuava a acenar feito bobo.

"O que você quer fazer? Entre, entre!", disse Tchick, mas eu tinha me levantado e segui, sem parar de acenar e balançar as mãos, em direção à casa.

"Não queremos nada! Nós nos perdemos. Vamos voltar imediatamente!", gritei.

O velho balançou a cabeça. Ele continuou apontando o revólver engatilhado para cima e berrou: "Sem mapa! Sem mapa e sem direção!".

Fiquei parado no terreno em frente à sua casa e tentei dizer, com a expressão do meu rosto, o quanto ele tinha razão.

"No campo, nunca sem mapa!", ele disse. "Entrem! Tenho refri para vocês. Entrem."

E lógico que a última coisa que eu queria era entrar lá, mas ele fazia questão e, no fim das contas, não foi uma decisão difícil demais. Ainda estávamos na sua zona de tiro, o caminho dando a volta pelo monte de tábuas de madeira era complicado, e o velho não parecia totalmente maluco. Ou seja: quero dizer, ele falava feito uma pessoa normal.

Sua sala — se é que se pode chamá-la assim —, a bem da verdade, não estava num estado muito melhor do que os cômodos das casas que tínhamos revistado. Embora desse para perceber que era habitada, estava incrivelmente escura e suja. Numa das paredes havia uma quantidade imensa de fotos em preto e branco.

Tivemos de nos sentar num sofá, e daí o homem foi buscar, com uma expressão de festa, uma garrafa de Fanta pela metade e disse: "Bebam. Bebam da garrafa".

Ele se sentou diante de nós numa poltrona e entornava também algum líquido de um copo de vidro de geleia. A arma estava encostada em seus joelhos. Eu achava que ele iria começar a nos questionar sobre o Lada ou quisesse saber onde a gente pretendia ir com ele, mas parece que isso não o incomodava nem um pouco. Quando descobriu que éramos de Berlim, ficou muito interessado em saber se a cidade realmente tinha se modificado tanto e se ainda dava para andar a salvo pelas ruas. Pois ele duvidava disso. E depois de a gente ter confirmado, mais ou menos umas dez vezes, que não sabíamos de nenhum assassinato ou morte na nossa escola, ele perguntou de chofre: "Vocês têm namorada?".

Eu quis dizer não, mas Tchick foi mais rápido.

"A dele se chama Tatjana, e eu sou louco pela Angelina", ele disse, e não me espantei por ele falar isso. A resposta, porém, pareceu não satisfazer totalmente o velho.

"É que vocês são dois garotos bem bonitos", ele disse.

"Não, não", disse Tchick.

"Nessa idade, muitas vezes a gente não sabe em que mato o coelho se esconde."

"Não", disse Tchick e balançou a cabeça, e eu também balancei a cabeça, mais ou menos como o mais fanático dos fãs de Lionel Messi quando alguém pergunta se ele não acha mesmo que o Cristiano Ronaldo seja o melhor de todos.

"Então vocês estão apaixonados, é isso?"

Voltamos a dizer sim, e eu fiquei meio desconfortável quando percebi como ele insistia no tema. Ele só falava de mulheres e amor e que a coisa mais bonita do mundo era o corpo de alabastro dos jovens.

"Acreditem em mim", ele disse, "vocês fecham os olhos e quando os abrirem de novo, a carne está caída, murcha. O amor, o amor! *Carpe diem.*"

Ele deu dois passos até a parede e apontou uma das muitas pequenas fotos para nós. Tchick, com o cenho franzido, olhou para mim, mas eu me levantei de pronto, coloquei meu melhor sorriso "como sei ser bem-educado" e observei a foto sobre a qual planava o dedo enrugado do velho. Era uma foto de passaporte, sobre um dos cantos, um quarto de um carimbo e um quarto de cruz suástica.

Ela mostrava um belo jovem de uniforme, que olhava com um tantinho de arrogância para a frente. Supostamente, ele próprio. Enquanto eu olhava isso, o dedo enrugado se movimentou até uma foto à direita.

"E esta é Else. Era a minha namorada."

A foto mostrava um rosto anguloso, e num primeiro olhar eu não conseguiria dizer se se tratava de um garoto ou de uma garota. Mas "Else" estava usando um uniforme diferente do soldado ou do menino da juventude hitlerista ao lado dela. Por conta disso, talvez fosse realmente uma garota.

Ele perguntou se devia contar a sua história com Else e como ele tinha tomado novamente a arma na mão, embora perdido em seus pensamentos, como se ela fosse parte de seu corpo ou parte de sua história, e como era difícil falarmos não, escutamos o que ele tinha a dizer.

Entretanto, não era uma história de verdade. Pelo menos, não uma história como as pessoas costumam contar quando falam de seu grande amor.

"Eu era comunista", ele disse. "A Else e eu, nós éramos comunistas. Ultracomunistas. E não somente depois de 45, como todos os outros, éramos comunistas desde sempre. E foi assim que a gente se conheceu, no grupo de resistência Ernst Röhm. Hoje, ninguém acredita mais nisso, mas também era outro tempo. E eu sabia lidar com armas como ninguém. A Else era a única garota dali, bem elegante, de uma família chique, e se parecia com um garoto. Ela traduzia os escritores totalmente proibidos. Sabia falar inglês feito um passarinho, eram poucas as pessoas que sabiam, e eu copiava isso na máquina de escrever... sim, foi assim. O amor da minha vida, o fogo das minhas entranhas. A Else foi morta com gás no campo de concentração, e eu me arrastava com minha espingarda durante a batalha de Kursk no batalhão disciplinar. Assim eu conseguia atirar nos olhos de um Ivan a quatrocentos metros de distância."

"Um Ivan?", perguntou Tchick.

"Um Ivan. Um russo de merda", disse o velho, pensativo. Ele não estava olhando nem para Tchick nem para mim, e nós nos entreolhamos. Tchick não parecia extremamente inquieto, na verdade eu também não.

"Achei", eu disse, "que o senhor era comunista."

"Sim."

"Eu... os russos também não eram um tipo de comunistas?"

"Sim."

Ele voltou a refletir. "Eu eu conseguia acertar um olho a quatrocentos metros! Horst Fricke, o melhor atirador de sua unidade. Eu tinha mais daquelas condecorações de folhas de carvalho no peito do que uma maldita floresta. Eu os explodia feito pombas de argila. Eles eram completamente doidos. Ou os comandantes eram completamente doidos. Eles mandavam as hordas para cima da gente. Na frente, Sinning limpava a área com a metralhadora e atrás vinha o atirador Fricke. Às vezes, era Fricke sozinho contra o Ivan. E eles também tinham armas. Você precisa pensar antes de fazer essas perguntas estúpidas. Se você acha que está falando de moral e essa sujeirada toda. Eles ou eu! Essa era a questão. Ivans todos os dias, carne jovem, amontoada ao redor da gente. Um oceano de carne. Afinal, eles tinham demais disso. Uma bobagem essa história de 'espaço vital' no Leste. Havia russos demais. Do lado deles, havia sempre alguém da polícia política que atirava em todos aqueles que não queriam se colocar na nossa linha de frente. A gente sempre acha que os nazistas eram cruéis. Mas em comparação com os russos, cocôs de mosca. E eles finalmente atropelaram a gente. Com carne. Se fosse com máquinas, nunca teriam conseguido. Um Ivan e mais um e mais um. Eu tinha dois centímetros de calo no meu indicador direito. Aqui."

Ele ergueu os dois indicadores. Realmente o direito tinha uma saliência na ponta. Claro que não sei se ela era mesmo por causa do Ivan.

"Isso é tudo besteira", disse Tchick.

Curiosamente, o homem não reagiu de verdade em relação a esse aparte. Ele continuou a falar durante um tempo, mas acabamos não descobrindo o que havia por trás de seu grande amor.

"E vocês precisam se lembrar de mais uma coisa, meus pombinhos", ele disse por fim. "Nada tem sentido. Nem o amor. *Carpe diem*."

Daí tirou uma garrafinha marrom do bolso da calça e a entregou para nós, como se fosse a coisa mais valiosa do mundo. Fez um grande alarde por conta disso, mas não quis dizer o que havia nela. O rótulo estava amarelado, e a garrafinha parecia que estava sendo carregada no seu bolso desde a batalha de Kursk. Ele reforçou que só devíamos abri-la quando estivéssemos numa emergência, quando a situação fosse tão crítica que não soubéssemos mais o que fazer, nunca antes, e daí isso nos ajudaria. Ele disse *salvaria*. Isso salvaria nossas vidas.

Voltamos para o carro com a garrafinha. Segurei-a contra a luz, mas não dava para reconhecer nada. Algum líquido viscoso, porém havia também algo sólido dentro.

No carro, Tchick tentou decifrar as sombras sobre o rótulo. Depois de finalmente abrir a garrafinha, saiu um cheiro terrível de ovo podre, e ele a jogou pela janela.

37

A estrada se perdia logo depois da cidadezinha abandonada, e precisávamos cruzar o campo. À esquerda, uma paisagem corroída; à direita, um barranco imenso, comprido, de pedrinhas, escorria para baixo, e no meio disso havia uma pista de quarenta ou cinquenta metros de largura, um platô estreito. Ao me virar para trás uma vez, enxerguei a cidadezinha às nossas costas, vi a casa de dois andares onde o atirador Fricke morava e vi... que havia um carro de polícia estacionado na frente dela. Minúsculo, quase irreconhecível, mas mesmo assim não dava para confundir: a polícia. O carro parecia estar partindo. Chamei a atenção de Tchick e nós rasgamos o terreno a quase oitenta por hora. A pista ficava cada vez mais estreita, as encostas cada vez mais próximas da gente, e na nossa diagonal enxergávamos a estrada, que fazia uma curva ao lado do barranco. Reconheci um espaço para estacionar com duas mesas, uma lata de lixo e uma cabine de telefone de emergência, e provavelmente dava para entrar direto na estrada por ali — se houvesse um caminho para baixo. A merda do platô tinha simplesmente acabado. Olhei desesperado pelo vidro de trás, e Tchick foi dirigindo em direção do barranco: quarenta e cinco graus de inclinação, cascalho e detritos.

"Descer ou o quê?", ele perguntou, e eu não sabia o que dizer. Ele ainda tocou no freio, mas já estávamos escorregando pelo canto — e já era.

Possivelmente também teríamos conseguido se tivéssemos descido em linha reta, mas Tchick enfrentou o barranco de lado, e daí o Lada despencou imediatamente. Ele começou a escorregar, ficou preso e capotou. Capotou três, quatro, cinco, seis vezes — não sei —, e acabou parando com o capô para baixo.

Mal percebi o que estava acontecendo. O que notei foi o seguinte: a porta do passageiro tinha se aberto e eu tentei sair do carro. O que não consegui fazer. Precisei de mais ou menos meia hora para perceber que eu não estava paralítico, mas preso pelo cinto de segurança. Daí eu finalmente estava fora e vi, nesta sequência: uma lata de lixo de estrada, verde, bem diante de mim, um Lada de ponta-cabeça, soltando vapor e fazendo barulho debaixo do capô e Tchick, engatinhando pelo chão. Ele se aprumou, cambaleou alguns passos, gritou "vamos!" e começou a correr.

Mas eu não corri. Afinal, para onde? Atrás de nós, o platô, provavelmente com a polícia; na nossa frente, a estrada, e atrás da estrada, campos até o horizonte. Não exatamente o melhor terreno para fugir de uma batida policial. Em volta do estacionamento havia ainda algumas árvores e arbustos, atrás dos campos um grande caixote branco, provavelmente uma fábrica.

"O que aconteceu?", perguntou Tchick. "Você está machucado?"

Eu estava machucado? Não, não parecia. Algumas manchas roxas, talvez.

"Está tudo certo com você?", ele perguntou, voltando.

Na hora em que eu queria começar a explicar por que achava ridículo sair correndo a pé da polícia, ouvimos um barulho de galhos sendo quebrados e folhas farfalhando. Através dos arbustos, um hipopótamo apareceu diante de nós. Em algum lugar da Alemanha, bem ao lado da estrada, num lugar para lá de parado, um hipopótamo apareceu através dos arbustos e veio correndo em nossa direção. Ele usava um conjunto de calça e jaqueta, cachinhos na cabeça e um extintor de incêndio nas mãos. Quatro até cinco pneus de gordura balançavam sobre sua cintura. Pisoteando o terreno com as duas toras que saíam pela extremidade inferior das calças, ele parou diante do Lada capotado e ergueu o extintor.

Nada estava pegando fogo.

Olhei para Tchick e Tchick olhou para mim. Nós olhamos para a mulher. Pois se tratava de uma mulher, e não de um hipopótamo. Ninguém falou nada, e ainda lembro ter pensado que esse extintor poderia soltar um jato branco para nos soterrar debaixo de uma montanha de espuma.

A mulher esperou um pouco para ver se o carro ia explodir e ela teria a chance de usar seu extintor, mas nessa luta mortal o cansaço do Lada era tão grande quanto quando ele estava vivo. Debaixo do capô saía apenas um assobio. Um pneu traseiro ainda girava, ficou mais lento e cessou.

"Vocês se feriram?", a mulher perguntou, olhando desconfiada para o radiador. Tchick cutucou o extintor com o dedo. "Está pegando fogo?"

"Oh, meu Deus!", disse a mulher, baixando o extintor. "Vocês se feriram?"

"Não", respondeu Tchick.

"Você também está bem?"

Assenti com a cabeça.

"Onde está o pai de vocês? Ou a sua mãe? Quem é que estava dirigindo?"

"Eu estava dirigindo", disse Tchick.

A mulher balançou a cabeça, que se parecia com a cintura dela.

"Vocês simplesmente pegaram o carro..."

"O carro é roubado", falou Tchick.

Se o médico que me examinou depois tinha razão, eu sofri um choque nessa hora. No choque, todo o sangue desce para as pernas, e daí não há mais sangue na cabeça e a gente não bate mais muito bem. Pelo menos foi o que o médico disse. E ele também disse que isso vem da Idade da Pedra, quando os neandertais cruzavam as florestas. Quando, de repente, aparecia um mamute pela direita, eles sofriam um choque e com tanto sangue nas pernas era mais fácil sair correndo. Nessa hora, pensar não era tão importante. Parece estranho, mas, como eu disse, foi o médico que explicou. E talvez Tchick estivesse mesmo com razão quando quis sair correndo e eu não estivesse com razão quando quis ficar parado, mas a gente sempre entende as coisas melhor depois. E diante de nós estava a mulher com o extintor, que também estava chocada. Porque se eu tinha sofrido um choque e se Tchick também tinha sofrido um choque, então a mulher sofreu, no mínimo, cinco choques. Talvez já tivesse bastado ela assistir à nossa queda ou Tchick lhe contar que o carro era roubado, mas ela tremia loucamente. Ela olhou para Tchick, apontou para uma gota de sangue que escorria pelo queixo dele e disse: "Oh, meu Deus". Em seguida, o extintor caiu da sua mão e sobre o pé de Tchick. Tchick imediatamente tombou para trás. Ele aterrissou com as costas sobre a grama, com as mãos segurou sua perna esticada para cima e gritou.

"Oh, meu Deus!", a mulher disse mais uma vez e se ajoelhou na grama ao lado de Tchick.

"Merda!", falei. Dei uma olhadinha para o barranco: a polícia ainda não tinha aparecido.

"Está quebrado?"

"Como vou saber?", gritou Tchick, rolando de costas.

38

E agora a situação era a seguinte: tínhamos percorrido centenas de quilômetros pela Alemanha, vencido um precipício rolando por um andaime, sido alvejados por Horst Fricke, despencado de um barranco, capotado cinco vezes e sobrevivido mais ou menos incólumes – e daí apareceu um hipopótamo por entre os arbustos e detonou o pé de Tchick com um extintor de incêndio.

Nos curvamos sobre o pé, mas não sabíamos se ele estava quebrado ou apenas luxado. De todo modo, Tchick não conseguia mais apoiá-lo no chão.

"Sinto muitíssimo!", disse a mulher. E ela estava sentindo muitíssimo, dava para ver. Parecia quase sentir mais dor do que Tchick, pelo menos a julgar pelo rosto, e enquanto na minha cabeça ainda reinava um vazio total e Tchick rolava para lá e para cá, gemendo, a mulher foi a primeira a voltar a controlar aos poucos a situação. Ela tateou novamente o queixo de Tchick e ergueu a perna dele. "Ai, ai", ela disse, enquanto girava o calcanhar para lá e para cá e Tchick gemia.

"Você precisa ir ao hospital", foi sua conclusão.

"Espere", eu quis dizer — mas o hipopótamo já tinha metido a patola gigante debaixo de Tchick, erguendo-o feito uma fatia de pão.

Tchick deu um grito, mais de surpresa do que de dor. A mulher sumiu tão rápido quanto tinha aparecido dos arbustos. Saí correndo atrás.

Uma BMW Série 5, com pintura de camuflagem, estava estacionada atrás dos arbustos. A mulher jogou Tchick no banco do passageiro. Pude entrar atrás. Quando ela se sentou atrás do volante, o carro afundou meio metro, e Tchick deu um salto no seu banco. Que loucura, pensei, mas teria sido melhor ter guardado a expressão para os próximos minutos.

"Agora é preciso correr!", a mulher explicou animada, e supostamente ela não estava se referindo, num primeiro momento, a uma fuga dos policiais.

Eu era o único que ficava o tempo todo se virando e que percebeu que a viatura também deveria ter descido o barranco por algum desvio. Bem longe, a polícia percorria o barranco com o giroflex aceso.

"Coloquem os cintos", disse a mulher, pisando fundo no acelerador, e em dois segundos a BMW Série 5 chegou a cem por hora. Ao fazer uma curva, voei feito um aviãozinho de papel sobre o banco traseiro. Tchick gemeu.

"Coloquem os cintos", repetiu a mulher.

Coloquei meu cinto.

"E a senhora?", perguntou Tchick.

Olhei pelo vidro traseiro e vi o tráfego sumir às nossas costas. Em algum lugar dava para ouvir, bem baixinho, o som de uma sirene de polícia, mas não por muito tempo. E isso também não era nenhum milagre. Nessa hora, estávamos a duzentos e cinquenta. Nem a mulher nem Tchick pareciam ter ouvido a sirene. Eles estavam conversando sobre cintos de segurança.

"Não é o meu carro", a mulher disse. "Eu preciso de dois metros, no mínimo." Ela deu uma risadinha. Conversava com a voz totalmente normal, mas essa risadinha dela era muito estridente, como uma garotinha sentindo cócegas na barriga.

Quando surgiam obstáculos na nossa frente, a mulher buzinava ou dava sinal de luz, e caso isso não ajudasse, ela ultrapassava o outro tranquilamente pela faixa do acostamento, como se estivesse entrando no *drive-thru* de um McDonald's a quinze quilômetros por hora. Ela tinha elaborado muito bem seus cinco choques.

"Em situações de emergência isso é permitido", ela explicou. Daí voltou a dar risadinhas.

"E vocês dirigiram, foi?"

"A gente estava curtindo as férias", disse Tchick.

"E vocês roubaram o carro?"

"Na verdade, foi um empréstimo", Tchick respondeu. "Por mim, pode ser roubado também. Mas a gente queria devolver. Juro."

A BMW voava baixo. A mulher não disse mais nada. Afinal, o que ela podia dizer? Tínhamos roubado um carro e ela tinha jogado um extintor no pé de Tchick. Pelo retrovisor, eu não conseguia reconhecer exatamente o que estava se passando no seu rosto, caso algo se passasse por lá. De todo modo, ela não parecia estar tendo uma crise histérica.

Ela ultrapassou dois caminhões e depois falou: "Então vocês são arrombadores de carros".

"Se a senhora está dizendo", disse Tchick.

"Eu estou dizendo."

"E o que a senhora é?"

"O carro é do meu marido."

"Quero dizer, o que a senhora faz? E a senhora sabe mesmo onde fica o hospital daqui?"

"Hospital a cinco quilômetros. Sou fonoaudióloga, faço terapia de voz e fala."

"E o que tem na voz para a senhora tratar?", perguntou Tchick.

"Eu ensino as pessoas a falar."

"Bebês ou quem?"

"Não. Crianças também. Mas principalmente adultos."

"A senhora ensina adultos a falar? Analfabetos ou coisa parecida?" Tchick fez uma careta e agora estava totalmente concentrado na mulher. Acho que ele queria mesmo era se distrair da dor do pé, mas parecia que o tema o interessava.

Enquanto os dois conversavam na frente, eu ficava o tempo todo olhando para trás e acho que não pegava a conversa por inteiro. E, como eu disse, é provável que eu também estivesse em estado de choque. Mas o que peguei foi o seguinte.

"Formação da voz", disse a mulher. "Cantores ou pessoas que falam muito em público ou aquelas que murmuram. A maioria das pessoas não fala direito. Você também não fala direito."

"Mas a senhora consegue me entender, não é?"

"Trata-se da voz. De a voz ser resistente. A sua voz vem daqui", ela disse e apontou para algum lugar na própria garganta. Desde que começou a conversar com Tchick, ela desacelerou um pouco, provavelmente sem perceber. Ainda estávamos a cento e oitenta. Cutuquei o ombro de Tchick, mas ele estava completamente absorto na conversa.

"Para sua informação, eu falo com a boca."

"Falar de um jeito normal é diferente de uma voz resistente. Uma voz saudável, resistente, vem daqui, do centro. No seu caso, ela vem daqui. Mas ela tem de vir daqui." No último "daqui", ela bateu duas vezes na parte de baixo do peito, fazendo com que soasse "daqui-i-i".

"Daqui-i-i?", perguntou Tchick, também batendo na parte de baixo do peito.

"Você tem de pensar nisso como se fosse um esporte. Todo o corpo está envolvido. O diafragma, a musculatura abdominal, a bacia, tudo tem de participar. Dois terços vêm do diafragma, apenas um terço do pulmão."

Cento e sessenta quilômetros por hora. Se a coisa continuasse assim, eles conseguiriam parar o carro com a ajuda da fonoaudiologia.

"O mais importante agora é a gente chegar rápido ao hospital", falei.

"Dá pra aguentar", disse Tchick. "Não dói mais tanto."

Escondi a cabeça entre as mãos.

"Se você falar daqui", a mulher disse, "só vai conseguir produzir um grunhido. O ar vem da garganta, assim: *Ush, ush*. Mas ele tem de vir daqui." Ela abriu a boca e fez um O bem grande e ergueu com ambas as mãos um tesouro invisível diante de sua barriga, soltando o volante por alguns segundos. Tchick segurou a direção.

"Daqui", disse a mulher, fazendo: "UHH!"

Fiquei com medo. Tchick olhava para a mulher com enorme satisfação. Tentei novamente lhe fazer um sinal; ele não entendeu. Ou não prestou atenção. Ou o estado de espírito da mulher era contagioso. O velocímetro marcava cento e quarenta. A polícia ainda não estava à vista.

"USHH! USHH! USHH!", fez a mulher.

"Ush! Ush!", fez Tchick.

"Centro para baixo", disse a mulher, acelerando aos poucos de novo. "O ser humano é como uma pasta de dentes. Se você aperta embaixo, sai alguma coisa por cima. USHH! USHH!"

"Ush! Ush!", fez Tchick.

"É. Está melhor. UUAAASHHH!"

"Uaaash!"

E foi assim, juro, até que chegamos ao hospital. Pegamos a saída da estrada, entramos duas vezes à direita e dois minutos mais tarde estávamos diante de um enorme edifício branco no meio do pampa. Nem sinal da polícia.

"Uma clínica espetacular", disse a mulher.

"Não tenho convênio médico", disse Tchick.

A mulher pareceu decepcionada durante um breve instante. Mas daí ela se curvou sobre Tchick e, decidida, abriu-lhe a porta. "Não se preocupe. Fui a responsável e é claro que vou pagar. Ou meu convênio. Ou seja lá o que for. Coragem."

39

O pronto-socorro estava bem cheio. Era sábado à noite e pelo menos vinte pessoas aguardavam o atendimento antes de nós. Bem ao lado do balcão da recepção, um homem de jeans esgarçado vomitava dentro de um cesto de lixo, que ele segurava debaixo do braço, enquanto sua outra mão empurrava o cartão de um convênio sobre o balcão.

"Por favor, esperem do lado de fora", a enfermeira disse para nós.

Tchick e eu nos sentamos em duas cadeiras de plástico que estavam livres, e depois de esperarmos um tempo, a fonoaudióloga foi buscar bebidas e barrinhas de chocolate de uma máquina. Enquanto isso, fomos chamados. Tchick não conseguia se levantar com seu pé. Por isso, fui na frente explicar a situação.

"E como ele se chama?"

"Andrei." Pronunciei à francesa. "André Langin."

"Endereço?"

"Waldstraße, 15. Berlim."

"Convênio?"

"Dedeka."

"Debeka ou o quê?"

"É isso." Debeka. André tinha se gabado disso durante as aulas. Como era o máximo ter um convênio particular. O cuzão. Claro que, agora, eu estava feliz por causa disso. Mas minha voz tremeu um pouco. Seria melhor se eu também tivesse passado antes por uma sessão de fono.

Mas eu estava ansioso porque não sabia que tipo de perguntas ainda estava por vir. Nunca tinha aberto uma ficha num pronto-socorro antes.

"Nascimento?"

"Treze de agosto de 1996." Eu não fazia a menor ideia de quando era o aniversário de André. Mas eu esperava que não fossem checar isso muito rápido.

"E o que aconteceu com ele?"

"Um extintor de incêndio caiu no pé dele. E talvez sua cabeça também precise de uma olhada. Ela está sangrando. A mulher", apontei para a fonoaudióloga, que vinha pelo corredor com a mão cheia de barrinhas de chocolate, "pode confirmar."

"Não me enrole", disse a enfermeira, que ficou o tempo todo observando o homem com o cesto de lixo e estava sempre prestes a se levantar. Realmente ela quase se levantou por duas vezes durante o minuto que ficamos conversando, como se fosse ir até o homem e lhe dar uma chave de braço, mas daí voltou a se sentar.

"O médico vai chamá-los", ela disse.

O médico vai nos chamar. Era simples assim.

A fonoaudióloga estava mais ou menos surpresa ao saber que eu já tinha acertado a questão do convênio e me olhou com a cabeça torta.

"Eu simplesmente dei o meu nome", falei.

Ela se sentou junto de nós e esperou sermos chamados. Embora tivéssemos dito que não era necessário, acho que ela se sentia um tanto culpada. Ela conversou durante horas conosco sobre sessões de fonoaudiologia, sobre joguinhos de computador, filmes, garotas e arrombar carros, e ela era mesmo a simpatia em pessoa. Enquanto lhe contávamos que tentamos escrever nossos nomes com o Lada no campo de trigo, ela ficou dando risadinhas o tempo todo. E quando explicamos que a próxima coisa que faríamos seria voltar a Berlim de trem, ela acreditou.

Na recepção, pessoas encharcadas de sangue eram passadas na nossa frente o tempo todo. E quando já era quase meia-noite e ainda não tinha chegado a nossa vez, a mulher resolveu se despedir da gente. Ela perguntou umas cem vezes, no mínimo, se podia fazer mais alguma coisa por nós, nos deu seu endereço, caso quiséssemos solicitar "indenização de danos pessoais" ou algo parecido, puxou sua carteira e nos meteu duas notas de cem na mão para a viagem de trem.

Fiquei meio constrangido, mas também não sabia como recusar. E, ao se despedir, ela ainda disse algo estranho. Ela nos olhou, e depois de realmente ter feito por nós tudo o que era possível, falou: "Vocês estão com cara de batata". E então foi embora. Passou pela porta giratória e saiu. Achei isso superengraçado. E ainda agora rio sempre que me lembro: Vocês estão com cara de batata. Não sei se alguém entende a piada. Mas ela realmente era simpaticíssima.

Finalmente Tchick foi atendido. Ele voltou um minuto depois, e tivemos de ir até o raio X. Eu estava cada vez mais cansado. Em algum momento, cochilei no corredor, e quando acordei de novo, Tchick estava na minha frente com duas muletas e um gesso. Um gesso de verdade, e não apenas uma tala de plástico.

Uma enfermeira lhe deu uns comprimidos contra dor e disse que era para ficarmos por ali, porque o médico queria dar mais uma olhada no pé. E eu me perguntei quem é que tinha feito o curativo, se não o médico? O administrador do hospital? A enfermeira nos mostrou um quarto vazio, no qual podíamos nos sentar. Havia duas camas recém-feitas nesse quarto.

O momento já não era mais muito animado. A viagem tinha chegado ao fim, mesmo se ninguém fora a gente soubesse disso, e nos sentíamos bem acabados. Eu não tinha vontade nenhuma de pegar o trem e ir para um lugar qualquer. Os analgésicos de Tchick demoraram para fazer efeito. Ele se deitou, gemendo, sobre uma das camas e eu fui até a janela e olhei para fora. Ainda estava escuro, mas quando apertei o nariz contra o vidro e segurei as mãos à direita e à esquerda do rosto, consegui enxergar a manhã nascendo. Vi a manhã nascendo e...

Pedi para Tchick apagar a luz. Ele usou a muleta como controle remoto. Imediatamente a vista se tornou mais nítida. Vi uma solitária cabine telefônica na entrada do hospital. Vi uma solitária floreira de concreto. Vi uma cerca e um campo solitários, uma plantação e algo que nessa plantação me pareceu familiar. Foi clareando, e pude distinguir três carros do outro lado da plantação. Dois carros de passeio, um caminhão-guincho.

"Você não vai acreditar no que estou vendo."

"O que você está vendo?"

"Não sei."

"Para com isso!"

"Veja você."

"Não vou ver porra nenhuma", disse Tchick. E depois de um tempo: "O que é que você está vendo?".

"Veja com seus próprios olhos."

Ele gemeu. Escutei como ele batia com as muletas no chão. Daí ele apertou seu rosto contra o vidro, ao lado do meu.

"Isso não é verdade", ele disse.

"Sei lá", falei.

Olhamos para a plantação malcuidada lá fora, que havia poucas horas tínhamos visto do outro lado, com o caixote branco na frente. Agora estávamos dentro do caixote branco. A fonoaudióloga tinha dado uma volta de uns cinco quilômetros.

O sol ainda não tinha conseguido ultrapassar o horizonte, mas já dava para reconhecer bem o Lada de pintura preta, no estacionamento ao lado da estrada. Ele estava parado sobre as rodas. Alguém deve tê-lo virado. O porta-malas estava aberto. Três homens andavam ao redor do carro. Um de uniforme, dois de macacão azul de mecânicos, caso eu estivesse adivinhando direito. O guincho estava balançando sobre o Lada, um deles engatava as correntes nas rodas. O do uniforme fechou o porta-malas, abriu-o novamente e o fechou para ir até o caminhão-guincho. Daí, dois voltaram até o Lada. Então um voltou de novo ao guincho.

"O que eles estão fazendo?", Tchick perguntou.

"Você não está vendo?"

"Não é isso. Quero dizer... o que eles estão fazendo?"

Ele tinha razão. Eles ficavam o tempo todo andando para lá e para cá e repetiam tudo três vezes, e na realidade não estavam fazendo nada. Talvez procurando pistas ou coisa parecida. Ficamos assistindo por mais um tempo, e depois Tchick voltou a se deitar gemendo na cama. Ele disse: "Me acorde se acontecer alguma coisa". Mas não aconteceu nada. Um estava lidando com as correntes, um ia até o guincho, um fumava.

A imagem sumiu de repente porque a luz do quarto se acendeu. O médico estava parado na porta, bufando. Ele parecia completamente exausto. Um chumaço de algodão branco avermelhado estava pendurado em uma de suas narinas e batia quase no lábio superior. Devagar, ele se arrastou até a cama de Tchick.

"Para cima. A perna", ele disse. Uma voz de Segunda Guerra Mundial.

Tchick esticou-lhe o gesso. O médico balançou o gesso com uma mão, com a outra ele segurava o chumaço de algodão na sua narina. Ele catou um raio X do envelope, segurou-o contra a luz, jogou-o ao lado da cama de Tchick e se arrastou de volta para fora. Junto à porta, ele se virou de novo. "Traumatismo. Fissura. Duas semanas", ele disse. Depois, revirou de repente os olhos. Como se esforçando para manter o equilíbrio, seu quadril procurou apoio na esquadria da porta. Ele inspirou profundamente e disse: "Nada de muito grave. Duas semanas de descanso. Em casa, procure um médico". Ele olhou para Tchick, para se certificar de que ele tinha entendido, e Tchick fez que sim com a cabeça.

O médico fechou a porta atrás de si e abriu-a dois segundos mais tarde de novo, agora comparativamente acordadíssimo. "Pegadinha!", ele disse, olhando animado para a gente. Primeiro para Tchick, depois para mim. "Qual é a diferença entre um médico e um arquiteto?"

Ninguém sabia. Ele mesmo respondeu: "O médico enterra os seus erros".

"Ahn?", falou Tchick.

O homem fez um movimento com a mão. "Se vocês forem embora, quero dizer, se estiverem cansados, tem café na sala das enfermeiras, podem tomar. Com cafeína da boa."

Ele voltou a fechar a porta. Mas eu não tinha tempo para me espantar com o homem, porque fui direto para a janela de novo. Tchick desligou a luz com a muleta, e ainda consegui ver o carro de polícia entrando na estrada. O guincho já tinha ido embora. Somente o Lada estava no estacionamento. Tchick não queria acreditar.

"O guincho está quebrado?"

"Sei lá."

"Então é agora ou nunca."

"O quê?"

"Como assim, o quê?" Ele bateu com a muleta contra o vidro.

"Ele não anda mais", eu disse.

"Como não? E se não andar, também tanto faz. Precisamos pelos menos tirar as nossas coisas. Se ele não andar mais..."

"Ele não anda mais."

"Se *quem* não andar mais?", perguntou a enfermeira, acendendo novamente a luz. Ela estava com o prontuário de Tchick ou de André numa mão e duas canecas de café na outra.

"Você se chama André Langin", sussurrei, esfregando os olhos como se estivesse ofuscado pela luz. Tchick disse algo a respeito de precisar voltar agora para casa — e infelizmente esse era o motivo pelo qual a enfermeira queria falar conosco.

40

Berlim estava um pouquinho longe, ela disse, e para onde tínhamos de ir agora? Expliquei-lhe que estávamos visitando nossa tia aqui, sem problemas — e seria melhor se eu não tivesse dito isso. A enfermeira não me perguntou onde essa tia morava, mas em vez disso me carregou imediatamente até a sala da enfermagem e me colocou diante de um telefone. Tchick disfarçou a dor, acenou com as muletas e disse que a gente bem que poderia ir a pé, e a enfermeira falou: "Mas não custa tentar primeiro. Ou será que vocês não sabem o número?".

"Sim, claro", falei. Vi uma lista telefônica sobre a mesa, eu não queria ter de lidar com isso também. Então, teclei um número qualquer na esperança que ninguém atendesse. Quatro da manhã.

Escutei chamar. A enfermeira parecia estar escutando também, pois ela ficou ao nosso lado. O melhor a fazer, evidentemente, seria ter ligado para casa, era uma aposta segura de ninguém atender. Mas seria um número de onze dígitos, com o código de área de Berlim, e a enfermeira já me olhava desconfiada o suficiente. Um toque, dois, três, quatro. Achei que pudesse desligar, dizendo que nossa tia certamente estava pregada no sono e que iríamos a pé...

"Ram-ram... ram, alô, Reiber", o homem falou.

"Ah. Oi, tia Mona!"

"Aqui é Reiber quem fala!", gemeu o homem, bêbado de sono. "Nada de tia. Nada de Mona."

"Acordei você?", perguntei. "Claro que sim, pergunta boba. Mas é o seguinte." Fiz um sinal à enfermeira de que todos nossos problemas tinham sido solucionados e que ela poderia voltar ao trabalho, caso houvesse algum.

Não parecia haver nenhum. Ela ficou parada do meu lado, imóvel.

"Alô, engano!", escutei a voz. "Aqui é a casa dos Reiber."

"Sim, eu sei. E espero que você não... ah, é... é", eu disse, lançando um olhar para Tchick e a enfermeira que queria indicar o quanto a tia Mona estava surpresa — e preocupada — por receber uma ligação nossa a essa hora.

O silêncio no fone era quase mais irritante do que as bufadas de antes.

"Sim, não... aconteceu uma coisa", continuei. "André teve um pequeno acidente, caiu um negócio no pé dele... não... não. Estamos no hospital. Ele está com gesso."

Olhei para a enfermeira. Ela não se moveu.

Sons incompreensíveis saíam do telefone, e de repente a voz voltou. Dessa vez não tão embriagada de sono. "Entendi", disse o homem. "Estamos numa conversa fictícia."

"É", falei, "mas não faz mal. Não foi tão grave assim, uma fissura ou coisa parecida."

"E eu sou a tia Mona."

"Não. Quero dizer, sim... sim, isso mesmo... sim."

"E do seu lado tem alguém escutando a conversa." O homem fez um barulho que não consegui identificar a princípio. Acho que ele estava rindo baixinho.

"É. É..."

"E se eu der um grito bem alto agora você vai ficar enrascado, certo?"

"Por favor, não, ah... não. Você realmente não precisa se preocupar. Está tudo certo."

"Não está nada certo", disse a enfermeira, irritada. "Ela tem de buscar vocês."

"Você precisa de ajuda?", o homem perguntou.

"O quê?"

A enfermeira parecia querer arrancar o fone da minha mão a qualquer momento e falar ela mesma com a tia Mona.

"Você teria de nos buscar, tia Mona. Dá pra ser? Sim? Sim?"

"Não estou entendendo bem onde isso vai chegar", disse o homem, "mas parece que você está bem enrolado. Alguém o está ameaçando?"

"Não."

"Quero dizer, quebrar o pé, inventar conversas às quatro da manhã, e pela sua voz você não deve ter mais de treze. Você *está* enrolado. Ou vocês estão."

"Sim, é, pode ser."

"E naturalmente você não pode abrir o jogo. Vamos lá, mais uma vez: você precisa de ajuda?"

"Não."

"Tem certeza? Minha última oferta."

"Não."

"O.k. Então simplesmente ouça", disse o homem.

"Ao menos se você pudesse nos buscar de carro", falei, confuso.

"Mas você não quer." Ele riu. E isso me tirou do sério, definitivamente. Se ele tivesse desligado ou começado a gritar, eu ainda teria entendido, às quatro da manhã. Mas ter se divertido o tempo todo e nos oferecer sua ajuda — sacanagem. Desde que eu era pequeno, meu pai me ensinou que o mundo era mau. O mundo é mau e as pessoas também são más. Não confie em ninguém, não vá com estranhos e assim por diante. Foi o que meus pais me disseram, o que meus professores me disseram, e a televisão dizia isso também. Quando a gente assistia ao noticiário: o ser humano é mau. Quando a gente assistia ao canal Spiegel TV: o ser humano é mau. E talvez isso fosse até correto, e noventa e nove por cento dos seres humanos fossem maus. Mas o estranho é que, em nossa viagem, Tchick e eu topamos quase que exclusivamente com aquele um por cento que não era mau. A gente tira alguém da cama às quatro da manhã com uma ligação porque não queremos nada dessa pessoa, e ela é supersimpática e ainda nos oferece ajuda. Talvez a escola pudesse dar um toque sobre uma coisa dessas, para não ficarmos totalmente surpresos. Bem, eu estava tão surpreso que fiquei apenas gaguejando.

"E... em vinte minutos, bom, é. Você nos busca. Legal." Para coroar o final da grande atuação, me dirigi novamente à enfermeira e perguntei: "Qual é mesmo o nome do hospital?".

"Pergunta errada!", o homem grunhiu de imediato.

A enfermeira franziu a testa. Meu Deus, como eu era burro.

"Clínica Virchow", ela falou devagar. "É o único hospital num raio de *cinquenta* quilômetros."

"Evidentemente", disse o homem.

"Ah... foi o que ela acabou de falar!", eu disse, apontando para o fone.

"E vocês também não são da região", disse o homem. "Vocês estão realmente metidos numa encrenca das grandes. Espero ao menos ler amanhã no jornal alguma coisa a respeito."

"Sim, eu também espero", falei. "Com certeza. Vamos ficar esperando, então."

"Tudo de bom para vocês."

"Para a senhora... para você também."

O homem riu mais uma vez e eu desliguei.

"Ela *riu*?", perguntou a enfermeira.

"Não é a primeira vez que a gente se enrola", disse Tchick, que só tinha entendido metade. "Ela já conhece a situação."

"E ela acha engraçado?"

"Ela é *zen*", Tchick retrucou, pronunciando a palavra zen de tal maneira que ficou claro que nem todos na sala eram zen.

Ficamos em volta do telefone por mais um tempo, daí a enfermeira disse: "Vocês são uns manés e tanto", e nos deixou ir embora.

41

Nos postamos diante da entrada do hospital e ficamos tentando achar a tia Mona. Quando tínhamos certeza de que ninguém nos observava, saímos correndo. Quer dizer, eu corri e Tchick nem tanto. Diante do campo havia uma pequena cerca. Tchick jogou as muletas por cima, depois ele mesmo. Após alguns metros, ele parou. O campo estava recém-arado, e as muletas afundavam nele feito agulhas quentes na manteiga, não dava certo. Ele xingou, deixou as muletas enfiadas e continuou pulando, segurando-se no meu ombro. Depois de avançar mais ou menos um terço da plantação, nos viramos pela primeira vez. A paisagem atrás de nós era azul. O sol, ainda escondido pelo hospital, irradiava luz através da neblina e da coroa das árvores. As muletas, um pouco caídas, pareciam uma cruz misericordiosa, e no andar superior do hospital vimos, numa das janelas, talvez até da janela de onde enxergamos o guincho, uma figura de jaleco branco nos observando. Provavelmente a enfermeira que estava matutando sobre os malucos que ela tinha acabado de tratar. Se ela soubesse o quão malucos éramos de verdade, estaria menos sossegada nessa hora.

Mas era muitíssimo provável que ela percebesse para onde estávamos nos dirigindo, e também era evidente que ela nos viu chegando no Lada. O capô e o lado direito estavam meio amassados. Mas não tanto que não pudéssemos nos sentar confortavelmente dentro do carro. A porta do passageiro tinha ido para o brejo e não dava mais para abrir, mas dava para subir pela do motorista. O interior estava parecendo um depósito de lixo. O acidente, o capotamento e a volta à posição original tinham espalhado toda nossa comida, latas de conserva, galão, papéis, garrafas vazias e sacos de dormir por todos os cantos do carro. Até a fita cassete do Richard Claydermann ainda estava voando entre os bancos. O capô tinha um ligeiro amassado, e uma crosta de areia, melecada de óleo, estava colada no lugar onde o Lada ficou sobre o teto. "Fim, acabou", falei.

Tchick se espremeu no banco do motorista, mas não conseguiu colocar o gesso sobre o acelerador — era largo demais. Ele tirou a marcha, juntou os cabos, virou-se um pouco no banco e apertou o acelerador com a ponta do pé esquerdo. O Lada pegou imediatamente. Tchick escorregou para o banco do passageiro e eu disse: "Você está maluco".

"Você só precisa acelerar e mexer o volante", ele disse. "Eu coloco as marchas."

Sentei-me atrás do volante e expliquei ao Tchick que não ia dar certo. O tanque estava meio cheio, o motor em ponto morto, mas bastava eu olhar para a estrada e ver como eles passavam voando pela gente, a duzentos por hora, para saber que não ia dar certo.

"Preciso revelar um segredo pra você", falei. "Sou o cara mais covarde desta terra. O mais entediante e o mais covarde, e agora podemos continuar a pé. Eu tentaria usar o carro na trilha do campo, talvez. Mas não na estrada."

"Como assim entediante?", perguntou Tchick, e eu lhe perguntei se ele sabia, de verdade, por que eu tinha ido viajar com ele para a Valáquia. Porque eu era o cara mais tedioso, tanto que nem mesmo fui convidado para a festa para a qual todo mundo tinha sido convidado, e porque — pelo menos uma vez na vida — eu *não* queria ser um babaca tedioso, e Tchick explicou que eu não batia muito bem e que ele, desde que me conheceu, nunca tinha se entediado nem por um segundo ao meu lado. Ao contrário, que essa tinha sido mais ou menos a semana mais excitante e maneira da sua vida, e daí a gente ficou conversando sobre a semana mais excitante e maneira das nossas vidas, e era quase insuportável saber que ela estava acabando.

E daí Tchick me olhou durante um tempão e falou que não era para eu achar que a Tatjana não tinha me convidado por eu ser tedioso, ou achar que ela não gostava de mim por causa disso.

"As meninas têm medo de você porque sentem medo de você. Se quiser saber minha opinião. Porque você não dá bola pra elas e porque você não é tão delicado quanto Langin, aquele babaca. Mas você não é tedioso, manezão. E a

Isa gostou de você de cara. Porque ela não é tão idiota quanto parece. E porque ela tem algumas qualidades, caso você saiba o que quero dizer. Ao contrário da Tatjana, que é uma ostra paralítica."

Olhei para Tchick e acho que minha boca estava aberta.

"É, é. Você gosta dela. E ela é realmente uma gostosa. Mas, falando sério, em comparação com a Isa ela é uma ostra paralítica. E eu posso avaliar isso, ao contrário de você. Porque — será que vou contar um segredo também?", Tchick perguntou, engolindo em seco, parecendo estar com uma bola de chumbo na garganta. Depois, silêncio nos próximos cinco minutos. E ele acabou dizendo que podia avaliar porque o assunto não o interessava. Garotas. Mais silêncio e então: ele ainda não tinha dito isso para ninguém, e agora tinha dito para mim, e não era para eu ficar preocupado. Ele não queria nada comigo, sabia que eu gostava de garotas e assim por diante, mas ele não era desse jeito e também não podia fazer nada a respeito.

E pensem o que quiserem de mim — mas não fiquei muito surpreso. Realmente não fiquei muito surpreso. Eu não sabia exatamente, mas tinha uma espécie de suspeita, sério. Já no primeiro passeio com o Lada, quando Tchick começou a falar do tio em Moscou e a questão com a jaqueta de dragão e como ele tratou a Isa o tempo todo — claro que eu não sabia exatamente. Mas, depois, fiquei com a impressão de que eu já estivesse com um tipo de suspeita.

Tchick tinha apoiado a cabeça no painel. Coloquei a mão na sua nuca, e ficamos sentados ouvindo "Balade pour Adeline", e por um instante pensei em também me tornar gay. Isso seria realmente agora a solução de todos os problemas, mas não consegui. Eu gostava muito de Tchick, mas de algum jeito gostava mais das meninas. E daí coloquei a primeira e saí andando. Tinha sido tão triste ter passado a noite no hospital e pensar que tudo tinha terminado, e era fantástico olhar novamente através do para-brisa do Lada e estar com o volante nas mãos. Dei uma voltinha de teste pelo estacionamento. Trocar as marchas ainda era a maior fonte dos meus problemas, mas quando Tchick assumia a função e eu só precisava pisar na embreagem, seguindo seu comando, a coisa ia, e daí entramos embalados na estrada. Entramos embalados no acostamento e ali ficamos.

"Fique tranquilo", disse Tchick, "tranquilo. Vamos repetir."

Esperamos o próximo vácuo maior entre carros e com vácuo maior quero dizer nenhum carro à vista até o horizonte, e daí dei a partida novamente e acelerei.

"Embreagem!", disse Tchick, e eu pisei no pedal, e ele colocou a segunda.

Eu estava ensopado.

"Tudo livre, muda de faixa!" Tchick colocou a terceira e depois a quarta marcha, e aos poucos meu nervosismo foi diminuindo.

Quando o Audi pesadão passou voando pela gente a quinhentos quilômetros por hora, levei um susto, mas depois de um tempo me acalmei, e no fundo andar na estrada era mais simples do que fazer curvas, frear, trocar marchas e acelerar. Eu tinha uma faixa só para mim e precisava apenas ir em frente. Vi os riscos brancos vindo na minha direção como no PlayStation — mas é incrivelmente diferente; estar sentado num carro de verdade, sobre um assento de verdade, não é páreo para nenhuma placa de vídeo. O suor escorria em bicas e colava minhas costas no banco. Tchick colou o restinho da fita isolante preta sobre meu lábio superior e seguimos rodando.

Clayderman tocava seu plim-plim-plim, e o fato de ele estar martelando suas teclas, e mais o capô abaulado, o pé machucado de Tchick e uma lata de lixo estar andando a cem por hora me deixavam com uma sensação esquisita. Era um sentimento de euforia, um sentimento de indestrutibilidade. Nenhum acidente, nenhuma autoridade e nenhuma lei física podia nos segurar. Estávamos rodando, e ficaríamos sempre rodando, e começamos a acompanhar a música, animados, assim que deu pra cantar com o plim-plim-plim.

42

Andamos na estrada até o anoitecer e, em seguida, entramos de novo para o campo, em algum lugar bem no interior. Eu rodava em terceira, sem mudar de marcha, e tudo estava muito silencioso, a noite estava silenciosa, e os campos estavam amarelos, verdes e marrons, e aos poucos eles iam perdendo suas cores. Tchick tinha pendurado os cotovelos para fora, do seu lado da janela, e deitado a cabeça em cima como numa viagem de barco, quando a gente quer tocar a água. Galhos de árvores e arbustos encostavam na minha mão, e com a outra eu guiava o Lada pela paisagem noturna.

O último raio de luz desapareceu do horizonte. Surgiu uma noite sem lua, e me lembrei de quando vi pela primeira vez uma noite ou quando percebi, pela primeira vez, o que é, de verdade, a noite. O que a noite realmente significa. Eu tinha oito ou nove anos, e devo agradecer ao sr. Klever por isso. O sr. Klever morava num prediozinho na nossa frente, e nós também morávamos num prediozinho, e no fim da rua começava um campo de cevada. Às noites, eu brincava nesse campo com Maria. Engatinhávamos pelo campo e tínhamos feito caminhos, um imenso labirinto. E daí veio o sr. Klever, um homem velho com um cachorro salsicha e uma lanterna. Ele morava no terceiro andar e sempre gritava conosco. Ele tinha uma raiva imensa de crianças. E estava andando com seu cachorro salsicha, iluminando a plantação, gritando que estávamos arruinando os camponeses. E que deveríamos sair dali imediatamente, que ele chamaria a polícia e apresentaria uma queixa e que isso custaria milhares de euros. Tínhamos oito ou nove anos, como já falei, e ainda não sabíamos que isso não passava de conversa fiada de aposentado, e saímos correndo da plantação com medo. Maria foi inteligente e saiu em direção ao nosso prédio, mas eu fui primeiro para o outro lado, e daí apareceu o velho com seu cachorro salsicha e bloqueou meu caminho de volta. E ele não saía do lugar, ficava agitando sua lanterna, gritando que eu tinha de dizer meu nome para apresentar uma queixa e, já que ele continuou parado, eu finalmente saí correndo na outra direção.

Passei pela plantação e entrei na rua Hogenkamp, porque pensei que podia dar a volta por fora. Afinal, eu conhecia o caminho à luz do dia. Mas agora a rua estava escura e imensos arbustos a cobriam. Atrás dali ficava o parquinho, no qual nunca fomos, porque os grandes sempre ficavam por ali, mas agora, de noite, estava tudo vazio, claro. A tirolesa gigante estava livre. Foi uma sensação engraçada. Agora eu podia ter tudo para mim, poderia brincar em tudo, mas não parei, só corri e corri. Ninguém ao longo de todo o caminho. Havia luzes diante das portas das casinhas, segui correndo pela Lönstraße, e nem lá tinha gente. Esse era um desvio e tanto, uma volta de pelo menos quatro quilômetros, mas naquela época eu sabia correr feito um campeão mundial. E, de repente, passei a gostar daquilo, de correr por aquele mundo escuro, sem gente, eu não sabia mais se estava com medo ou não, e nem pensava mais em Klever.

Claro que eu já tinha saído de casa à noite antes, mas não era a mesma coisa. Sempre com os pais ou numa viagem de carro, voltando da casa de parentes ou algo parecido. Agora tratava-se de um mundo novo, completamente diferente do mundo à luz do dia; era como se eu tivesse, de repente, descoberto a América. Não vi ninguém durante todo o percurso, e de repente enxerguei duas mulheres. Elas estavam sentadas na escada diante do restaurante chinês, e não entendi o que faziam por lá. Uma chorava e dizia: "Eu não entro mais lá! Eu não entro mais lá!". E a outra tentava consolá-la, mas não conseguia. Os caracteres chineses, amarelos e vermelhos, as iluminavam pelo alto, a casa estava atrás da sombra de árvores escuras, e um garotinho de oito anos passava correndo na frente da cena. Eu estava completamente irritado. As mulheres provavelmente também estavam irritadas e se perguntavam o que um garotinho de oito anos fazia correndo de noite, e nós nos olhamos nos olhos durante um tempo, elas soluçando e eu correndo, e também não sei por que isso me impressionou tanto. Mas nunca na minha vida eu tinha visto mulheres adultas chorando, e naquela época isso me deixou encucado durante um tempão. E hoje é outra noite dessas.

Deitei a cabeça para o lado e olhei para fora, e o Lada passou em silêncio pela rua cheia de curvas, pelos trigais azul-esverdeados do verão. Em algum momento digo que vou parar e paro. O lugar está no escuro, campos e trilhas, e estamos diante de um grande espaço aberto, na distância é possível enxergar o contorno preto de uma propriedade rural. E no instante em que quero dizer alguma coisa, uma luz verde se acende à esquerda numa pequena janela da casa e não digo mais nada. Não consigo mais. Por fim, Tchick coloca seu braço ao redor dos meus ombros e diz: "Temos de seguir em frente".

E nós entramos e continuamos viagem.

43

No dia seguinte, estávamos de volta na estrada. Fomos ultrapassados por um caminhão imenso, que se parecia com chiqueiros de porcos pregados uns nos outros. Algumas rodas grudadas embaixo, uma cabine enferrujada, uma placa da Albânia ou sei lá de onde. Como pudemos perceber apenas num segundo olhar, eram realmente chiqueiros de porcos. Gaiolas lado a lado e amontoadas umas sobre as outras, com um porco dentro de cada uma.

"Merda de vida", disse Tchick.

A estrada tinha um ligeiro aclive, e o caminhão precisou de meia hora para nos ultrapassar. Quando começamos a enxergar seus pneus traseiros, ele ficou novamente para trás. Depois de um tempo, a casinha do motorista reapareceu ao nosso lado. Alguém baixou o vidro do lado do passageiro.

"Ele te viu?", perguntou Tchick. "Ou será que ele está olhando para nosso teto amassado?"

Tirei o pé, para facilitar a ultrapassagem dele. O caminhão deu sinal de luz, se meteu na nossa frente e ficou ainda mais lento.

"Quem é esse asno?", perguntou Tchick.

Estávamos, no máximo, a sessenta. Cinquenta e cinco.

"Ultrapasse logo."

Fui para a faixa da esquerda. O caminhão diante de nós também foi para a esquerda.

"Então passe pela direita."

Fui para a direita. O caminhão se colocou no centro, e não sei até hoje se o cara queria nos atrapalhar ou era apenas um panaca. Tchick dizia que era para eu esperar até aparecer outro carro e daí colar nele. Mas nunca aparecia outro carro. A estrada estava vazia como nunca.

"Devo usar o acostamento?"

"Com impulso, talvez", disse Tchick. "Se você achar que consegue. Você vai ter de trocar a marcha."

Ficamos para trás, pisei na embreagem e Tchick colocou a terceira. O câmbio gemeu.

"E agora, pise fundo. Daí ele vai voar feito um foguete."

Foguete não foi bem a palavra certa. Duna móvel teria sido mais adequado. Nesse meio-tempo, tínhamos ficado a uns cento e cinquenta ou duzentos metros para trás do caminhão, e com o pedal lá embaixo precisamos de um minuto para nos aproximarmos dele novamente. Daí o ponteiro do velocímetro começou a subir de novo, tremendo. Para disfarçar nosso intento, mirei exatamente no caminhão. Ele ziguezagueava um pouco, e eu não sabia por que lado deveria ultrapassar.

"Faça zigue-zague você também", disse Tchick. "E, no último instante, ataque."

Eu ainda estava com o pé fundo no acelerador, e preciso acrescentar que nesse momento não me sentia extremamente excitado. Eu conhecia esses zigue-zagues do PlayStation. Andar em zigue-zague me parecia muito mais normal do que andar em linha reta, e o transportador de porcos se comportava como um típico obstáculo. Então, me concentrei no obstáculo para puxar para o acostamento no último momento, e acho que teria feito igualzinho mesmo se Tchick não estivesse junto. Se Tchick não estivesse junto, eu não teria sobrevivido.

"BREQUE!", ele gritou. "BREEEEEEQUE!", e meu pé brecou, e acho que fui escutar e entender o grito apenas muito mais tarde. O pé brecou sozinho, porque antes eu já obedecia sempre o que Tchick dizia, e agora ele gritou "breque" e eu brequei, sem saber o porquê. Pois, na verdade, não havia nenhum motivo para brecar.

Entre o caminhão e a mureta havia espaço para pelo menos cinco carros, e eu teria percebido, pelo menos já no além, que o caminhão não tinha deixado voluntariamente esse lado da estrada livre, mas sim *escorregado* nada voluntariamente e deixado esse lado da estrada livre. Sua carroceria tinha deslizado para a esquerda, e embora estivéssemos exatamente atrás do caminhão, de repente vi diante de mim a cabine do motorista no centro da estrada — e como ela estava sendo ultrapassada pela carroceria, à esquerda. O caminhão metamorfoseou-se numa barreira. A barreira escorregava na nossa frente, ocupando toda a largura da estrada, e nós escorregávamos atrás. Era uma visão tão pouco convencional que, mais tarde, pensei que tivesse durado vários minutos. Na realidade, durou tão pouco que Tchick não conseguiu gritar "breque" pela terceira vez.

O Lada virou um pouco de lado. A barreira diante de nós tendia, indecisa, para trás, tombou fazendo um barulhão e parou com doze rodas girando no ar. A trinta metros à nossa frente. Deslizamos em absoluto silêncio em direção a essas rodas, e pensei que iríamos morrer. Pensei: Agora é que não volto mais para Berlim, nunca mais vou ver a Tatjana e nunca vou descobrir se meu desenho agradou ou não. Pensei que precisava me desculpar com meus pais, e pensei: Merda, não fiz *backup*.

Pensei também que devia dizer ao Tchick que quase virei gay por causa dele, pensei que morrer eu teria de qualquer jeito, por que não agora, e assim deslizamos em direção a esse caminhão — e não aconteceu nada. Não houve batida. Na minha lembrança, não há batida. Mas deve ter havido uma batida horrível. Pois a gente se estatelou a toda no caminhão.

44

Durante um tempo, não senti nada. A primeira coisa que senti novamente foi falta de ar. O cinto de segurança me cortava ao meio, e minha cabeça estava quase sobre o pedal do acelerador. Em algum lugar por lá aparecia também a perna engessada de Tchick. Me endireitei. Ou, pelo menos, girei a cabeça. Uma roda de caminhão estava pendurada sobre o para-brisa estourado e escurecia o céu. A roda virava em silêncio. Sobre o cubo da roda havia um adesivo sujo, em formato de raio, uma centelha vermelha sobre o fundo amarelo. Uma bolota de sujeira, do tamanho de um punho, balançava do eixo, desprendendo-se bem devagar, esparramando-se sobre o para-brisa.

"Acabou", disse Tchick. Então ele também tinha sobrevivido.

Aplausos retumbantes fizeram-se ouvir. Parecia que uma multidão tinha se posto a gritar, assobiar, urrar e bater com os pés, e isso não me parecia totalmente fora de propósito, pois para um motorista amador meu desempenho no breque tinha alcançado um nível excepcional. Pelo menos era minha opinião sobre o assunto, e não me espantaria se outros achassem a mesma coisa. Só que não havia público nenhum ali.

"Tudo bem com você?", perguntou Tchick, balançando o meu braço.

"Tudo. E com você?"

O lado do passageiro, onde Tchick estava, tinha sido amassado uns vinte centímetros para dentro, mas de maneira muito regular. Havia cacos por todo lado.

"Acho que me cortei." Ele ergueu uma mão sangrando. O público ainda gritava e assobiava, mas já havia uns resmungos no meio.

Soltei o cinto de segurança e caí para o lado. O carro estava torto, tive de sair pela janela lateral. Nessa hora, caí imediatamente sobre alguma coisa na estrada. Me ergui de novo, caí mais uma vez e aterrissei numa lama sanguinolenta. Um porco morto. Um Opel Astra vermelho tinha parado alguns metros atrás de nós. Nele havia um homem e uma mulher, apertando para baixo com os dedos indicadores os pinos das travas das portas. Sentei-me sobre a tampa do radiador e segurei a antena com uma das mãos. Eu não conseguia mais ficar em pé, e essa antena era realmente boa de se segurar. Não queria soltá-la nunca mais na vida. “Você está legal?”, Tchick perguntou mais uma vez, depois de sair do carro.

Nesse momento, um porco guinchante veio correndo ao redor do caminhão tombado. Atrás dele, uma porção de outros porcos. O primeiro atravessou sangrando a estrada em direção a um declive. Alguns o seguiram a galope. Mas a maioria ficou parada, e eles ficaram parados entre porcos mortos e gaiolas destruídas e gritavam de desespero. E nessa hora vi, ao longe, a polícia chegando. Primeiro quis sair correndo, mas sabia que não tinha sentido, e as duas últimas imagens das quais me recordo são: Tchick, claudicando declive abaixo com sua perna engessada. E o policial rodoviário, que está ao meu lado com uma expressão simpática soltando minha mão da antena, dizendo: “Ele vai se virar mesmo sem a sua ajuda”.

O resto eu já contei.

45

"Ele não entende." Meu pai se virou para minha mãe e falou: "Ele não entende, ele é burro demais!".

Eu estava sentado numa cadeira e ele estava sentado numa cadeira diante de mim, tão curvado para a frente que seu rosto estava quase grudado no meu e seus joelhos apertavam os meus, e a cada palavra que ele gritava eu conseguia sentir o cheiro de sua colônia de barba. Aramis. Presente da minha mãe, pelo aniversário de cento e setenta anos.

"Você fez uma cagada federal, está claro?"

Não respondi. O que era para eu responder? Claro que estava claro. E ele não estava falando isso pela primeira vez hoje, mas pela centésima vez, acho, e eu não sabia o que ele queria ouvir de mim.

Olhei para minha mãe e ela tossiu.

"Eu acho que ele entende", ela falou. Ela mexeu o amareto com o canudinho.

Meu pai me catou pelos ombros e me sacudiu. "Você sabe do que estou falando? Faça o favor de falar alguma coisa!"

"O que é pra eu falar? Já falei, sim, está claro. Entendi."

"Você não entendeu nada! Nada está claro pra você! Ele pensa que se trata de palavras. Um idiota!"

"Não sou idiota só porque, pela centésima vez, eu..."

Vupt, ele me lascou uma bofetada.

"Josef, pare com isso." Minha mãe tentou se levantar, mas logo perdeu o equilíbrio e caiu de volta na poltrona ao lado da garrafa de amareto.

Meu pai se curvou e ficou bem perto de mim. Ele tremia de nervoso. Em seguida, cruzou os braços diante do peito e eu tentei fazer uma cara de consternação, porque talvez fosse isso que meu pai estivesse esperando e porque eu sabia que ele apenas cruzava os braços quando estava prestes a me lascar outra. Até aquele momento, eu simplesmente apenas tinha dito o que pensava. Não queria mentir. Essa consternação foi a primeira mentira à qual me dei o direito nesse dia, para encurtar a coisa.

"Sei que fizemos uma cagada federal e sei..."

Meu pai abriu o braço e eu encolhi a cabeça. Dessa vez ele apenas berrou: "Não, não, não! *Vocês* não fizeram cagada nenhuma, seu paspalho! Seu amigo russo cuzão fez cagada! E você é tão besta que entrou na dele. Você sozinho é estúpido demais até para mexer no espelho retrovisor do nosso carro!", disse meu pai, e fiquei nervoso porque eu já tinha explicado para ele, mais ou menos umas dez mil vezes, como tinha sido de verdade, mesmo que ele não quisesse ouvir.

"Você acha que está sozinho no mundo? Você acha que isso não vai cair nas nossas costas? Como você acha que estou na foto agora? Como é que vou vender casas para as pessoas, se meu filho rouba carros?"

"Mas você não está mais vendendo casas. Afinal, sua firma..."

Vapt, meu rosto levou uma e eu caí no chão. Sacanagem. Na escola sempre dizem que a violência não resolve nada. Resolve, caralho. Quando um tabefe desses pega bem no meio da cara, a gente sabe que isso bem que resolve.

Minha mãe gritou, eu me levantei meio torto, e meu pai olhou para minha mãe e depois para um ponto qualquer na sala e falou: "Claro. Claríssimo. Também tanto faz. Sente-se. Eu falei para se sentar, idiota. E escute bem. Porque você tem boas chances de escapar disso com um olho roxo. Sei disso pelo Schuback. A não ser que você seja tão pateta quanto agora e contar ao juiz como você é bom em ligação direta com o trinta sobre o cinquenta e *holla-holla*. Eles gostam de fazer isso no Juizado de Menores, suspender o processo contra um para que ele tenha de testemunhar contra o outro. E normalmente você é aquele que vai ter o processo suspenso, a não ser que seja burro pra caramba. Mas tenha certeza: o russo malandro não é tão burro quanto você. Ele sabe disso. Ele já tem uma carreira criminal nas costas, roubo de Ladas com o irmão, dirigir sem carteira, falsificação e dissimulações. Sim, é isso mesmo. Todo malandro de turma é assim.

Claro que ele não contou para você. E ele também não tem uma casa dessas para mostrar, ele mora na merda. Na merda de sete metros quadrados, onde também é o lugar dele. Ele pode ficar feliz se acabar num abrigo para menores. Mas eles também podem expulsá-lo, Schuback disse. E, amanhã, ele vai tentar salvar a própria pele a qualquer custo — você entendeu? Ele já prestou o depoimento dele. Ele vai colocar toda a culpa em você. É sempre assim, todo idiota coloca a culpa no outro".

"E então o que é que eu devo fazer?"

"Você não deve fazer, você *vai* fazer. Porque eles acreditam em você. Entende? Você tem sorte de que o sujeito do Conselho Tutelar gostou daqui. De como ele viu a casa. De como ele viu a piscina! Ele logo foi dizendo que essa é uma casa de família com as melhores oportunidades e todo aquele discursinho." Meu pai se virou para minha mãe, e minha mãe estava vidrada no copo. "Você foi seduzido por esse russo malandrinho. E é isso que você vai contar para o juiz, não importa o que você contou antes para a polícia, *capisce*? *Capisce?*"

"Vou contar pro juiz o que aconteceu", falei. "Afinal, ele não é idiota."

Meu pai me encarou durante uns quatro segundos. Esse foi o fim. Ainda consegui ver seus olhos faiscando, e depois não vi mais nada. Os golpes me acertaram em todos os lugares, eu caí da cadeira e escorreguei pelo chão, com os antebraços diante do rosto. Escutei minha mãe berrar e, tropeçando, gritar "Josef!", e por fim eu estava deitado de tal maneira que conseguia enxergar a janela do terraço através dos meus braços. Ainda sentia os chutes, mas aos poucos eles foram diminuindo. Minhas costas doíam. Olhei para o guarda-sol sobre a espreguiçadeira solitária no vento. Ao lado, havia um garoto moreno que catava as folhas da piscina com uma rede. Eles tinham empregado o indiano de novo.

"Oh Deus!, oh Deus!", minha mãe disse e tossiu.

Passei o resto do dia na cama. Fiquei deitado de lado, cutucando a persiana que balançava sobre mim com o sol da tarde. A persiana era velhíssima. Quando eu tinha três anos, ela já era minha. Nós nos mudamos cinco vezes, e ela sempre continuou lá. Foi a primeira vez que notei isso, enquanto a cutucava. Escutei as vozes dos meus pais lá do jardim. Ia sobrar para o indiano também. Talvez ele tivesse esquecido uma folha murcha qualquer na piscina. Era o dia da grande berração do meu pai. Mais tarde, escutei os pássaros no jardim, daí anoiteceu e silenciou.

Eu estava deitado lá enquanto ia ficando cada vez mais escuro, observando a persiana e pensando em quanto tempo as coisas ainda iam continuar assim. Quanto tempo eu ainda poderia ficar deitado ali, quanto tempo ainda moraríamos nessa casa, quanto tempo meus pais ainda ficariam casados.

E eu estava contente por rever Tchick. Essa era a única coisa que me deixava contente. Desde nosso acidente na estrada eu não o tinha visto mais, e isso já fazia quatro semanas. Eu sabia que eles tinham levado Tchick para um abrigo, mas era um abrigo que, no começo, não era permitido ter nenhum contato, não era nem possível receber cartas.

46

E daí veio o processo judicial. Lógico, eu estava nervosíssimo. Só as salas do fórum já eram o mais puro terror. Escadas imensas, colunas, estátuas na parede como numa igreja. E os seriados de TV de tribunal não mostram que primeiro a gente tem de ficar esperando durante horas num lugar que parece o próprio velório. E era exatamente isso o que eu pensava enquanto esperava por ali, e pensava também que nunca mais iria roubar chiclete na vida.

Quando entrei na sala do fórum, o juiz já estava sentado atrás de sua mesa e me mostrou onde eu devia tomar assento, numa mesinha quase como na escola. O juiz estava usando um poncho preto, e à direita dele estava sentada uma mulher que ficava o tempo todo surfando na internet, pelo menos era a impressão. De vez em quando ela digitava um pouco, mas durante uma hora ela não tirou os olhos do computador. E bem à esquerda havia mais um de poncho preto. Como vim a saber, o promotor. A roupa preta parece ser uma parte importante do julgamento. Muitas pessoas vestidas de preto também perambulavam do lado de fora, e eu pensei nos aventais brancos no hospital e na enfermeira Hanna, e fiquei feliz por, pelo menos, não conseguir enxergar as roupas íntimas debaixo do preto.

Tchick ainda não tinha chegado, mas apareceu um minuto mais tarde na companhia de um homem do abrigo. Nós nos abraçamos, e ninguém se opôs. Entretanto, não tínhamos muito tempo para conversar. O juiz foi logo começando, e tive de dizer meu nome e o resto, e Tchick fez o mesmo, e o juiz repetiu novamente todas as perguntas que a polícia já tinha feito. Por que eu não sei, pois ele já conhecia nossas respostas dos autos e também não havia nenhuma grande dúvida no "transcorrer da ação", que foi como o juiz falou. Eu simplesmente contava sempre mais ou menos a verdade, assim como já tinha contado antes na polícia — o.k., tudo bem, exceto alguns pequenos detalhes. Que tínhamos dado o nome de André Langin no hospital e bobagens assim. Isso dava para varrer para debaixo do tapete, não era do interesse de ninguém. O juiz estava mais interessado em saber *quando* é que tínhamos pegado o carro pela primeira vez, *por onde* andamos com ele e *por que* fizemos isso. Essa era a única pergunta realmente difícil: por quê? Os policiais já tinham ficado futucando nisso, e o juiz quis saber tim-tim por tim-tim também e eu não sabia, falando sério, o que tinha de responder. Ainda bem que ele mesmo nos oferecia as respostas logo depois. Por exemplo, se a gente simplesmente queria se divertir. Se divertir. Ora, sim, se divertir, isso me parecia o mais provável, embora eu não teria formulado assim. Mas eu também dificilmente teria conseguido dizer o que eu estava procurando na Valáquia. Eu não sabia. E não estava muito seguro de que o juiz se interessaria, por sua vez, por minha história com Tatjana Cosic. Que eu tinha feito aquele desenho para ela e que eu tinha o maior medão de ser o cara mais tedioso da face da terra, e que eu não queria ser nenhum covarde, pelo menos uma vez na vida, e por isso falei que isso de se divertir estava mais ou menos certo.

Agora me dou conta de que acabei mentindo, sim, num ponto. E foi em relação à fonoaudióloga. Eu não queria que a fono se enrascasse por nossa causa, já que ela tinha sido tão supersimpática com a gente, e por isso nunca falei nem dela nem do extintor de incêndio. Só contei ao juiz aquilo que já tinha dito na polícia, que Tchick tinha quebrado o pé quando o Lada capotou mais ou menos umas cinco vezes, e que em seguida atravessamos direto a plantação, mancando, rumo ao hospital e nada, nadinha de nada de fonoaudióloga.

A bem da verdade, uma mentira bem tranquila, mas quando engabelei o policial rodoviário pela primeira vez com ela, percebi que seria desmascarada. Porque Tchick, claro, contaria algo diferente aos policiais caso eles lhe perguntassem. E eles iriam questioná-lo. Engraçado é que a coisa não foi descoberta, porque Tchick pensou exatamente o mesmo, em não meter a fonoaudióloga na confusão, e como era uma mentira tão fácil, Tchick chegou à mesma explicação que eu no interrogatório: pé quebrado no capotamento, daí mancando ao hospital, atravessando a plantação — e ninguém notou que havia um erro de lógica aí. Porque se alguém se mete num acidente em algum lugar dos pampas, onde nunca esteve antes, e o horizonte só mostra algumas árvores e edifícios esparsos... como é que poderíamos saber que essa imensa coisa branca, para a qual seguimos, determinados, mancando, era um hospital?

Mas, como falei, o juiz estava mais interessado nas outras coisas.

"Eu queria saber exatamente quem de vocês dois teve essa ideia da viagem?" A pergunta era endereçada a mim.

"Ora, o russo, quem mais!", ouviu-se à meia-voz, do fundo. Meu pai, o idiota.

"A pergunta é para o acusado!", disse o juiz. "Se eu quisesse saber sua opinião, teria perguntado ao senhor."

"*Nós* tivemos a ideia", eu disse. "Nós dois."

"Besteira!", Tchick tomou a palavra.

"Queríamos apenas dar uma voltinha", eu disse, "férias como qualquer um e..."

"Besteira", Tchick interrompeu de novo.

"Não é a sua vez", disse o juiz. "Espere até eu chamá-lo."

Nisso ele era durão, esse juiz. Só podia falar aquele que tinha a vez. E quando foi a vez de Tchick, ele explicou imediatamente que a ideia da Valáquia tinha sido dele e que ele teve quase que me puxar para dentro do carro. Ele contou como tinha aprendido a fazer ligação direta nos carros, enquanto eu não fazia a mínima e não sabia nem diferenciar o acelerador do freio. Ele só falou bobagem e eu disse ao juiz que isso era uma bobagem e tanto, e daí o juiz disse para mim que não era minha vez, e meu pai gemeu no fundo.

Quando finalmente tínhamos falado o suficiente sobre o carro, veio a pior parte, e a conversa foi sobre *nós*. É que o sujeito do abrigo explicou, detalhadamente, a origem de Tchick e falou sobre Tchick como se ele não estivesse presente e disse que a família dele era um tipo de merda antissocial, embora tivesse usado outras palavras. E daí o sujeito do Conselho Tutelar explicou que tinha me visitado e aos meus pais em casa, que a família era podre de rica e que eu era negligenciado e abandonado e que minha família, no fim das contas, também era uma espécie de merda antissocial, e quando a sentença foi proferida, fiquei espantado por eles não me colocarem em prisão perpétua. Ao contrário, a sentença não poderia ser mais branda. Tchick tinha de ficar no abrigo onde já estava mesmo, e eu recebi uma *imposição de pena alternativa*. Sério, foi o que o juiz disse. E, felizmente, ele logo explicou o que queria dizer, e no meu caso ele achou que eu tinha de limpar a bunda de macacos durante trinta horas. Por fim, ainda vieram horas e mais horas de sermões morais, mas, na verdade, eram sermões bem tranquilos. Não como os do meu pai ou como os de sempre da escola, mas sobre coisas que pareciam, no fim das contas, realmente importar, vida e morte, e eu escutei tudo com muita atenção porque fiquei com a impressão que esse juiz não era exatamente muito lesado. Pelo contrário. Parecia bastante razoável. E ele se chamava Burgmüller, caso alguém se interesse.

47

E agora era esse verão. A escola estava recomeçando. Na porta da nossa classe, em vez de 9c havia agora um 10c. Fora isso, pouca coisa mudou. Os lugares marcados ainda eram os mesmos do nono ano. Todos se sentavam onde tinham se sentado antes, exceto que ninguém mais se sentava na carteira bem do fundo. Nenhum Tchick.

A primeira aula do primeiro dia depois das férias de verão: Wagenbach. Cheguei um minuto atrasado, mas excepcionalmente não levei um esporro. Ainda estava mancando um pouco e tinha marcas no rosto e no corpo todo. Wagenbach apenas ergueu uma sobrancelha e escreveu a palavra "Bismarck" na lousa.

O aluno Tschichatschow não viria à aula, ele explicou de passagem, e ele não sabia o porquê ou não falou. Acho que ele não sabia.

Fiquei um pouco triste ao ver o lugar vazio e fiquei mais triste ainda quando olhei para Tatjana, do outro lado, que estava mordendo um lápis, toda bronzeada. Ela estava prestando atenção em Wagenbach, e não dava para dizer se agora ela era uma orgulhosa proprietária de um desenho a lápis da Beyoncé ou se simplesmente amassou e jogou o retrato no lixo. Tatjana estava tão bonita nessa manhã que foi difícil não ficar olhando para ela o tempo todo. Mas com uma força de vontade poderosa eu consegui.

Estava tentando me interessar pelo menos um pouco pelas coisas desse Bismarck, quando Hans colocou um bilhete sobre minha coxa. Eu o segurei por um tempo na mão fechada porque Wagenbach olhava na minha direção, e quando eu fui checar para quem tinha de entregá-lo em seguida, vi que o bilhete dizia *Maik*. Não conseguia me lembrar de ter recebido um bilhete assim nos últimos anos. Fora esses bilhetes que todo mundo recebe. Que são do tipo *Não olhe para cima, tem marca de pegada no teto!*, ou qualquer merda assim de gente do sexto ano.

Dei um tempo, desdobrei o bilhete e li. Li cinco vezes seguidas. Não era nenhum texto supercomplicado, apenas oito palavras, mas mesmo assim tive de ler cinco vezes para entendê-lo. Estava escrito: *Meu Deus, o que aconteceu com você?!?! Tatjana.*

Foi principalmente a última palavra que bloqueou alguma coisa no meu cérebro. Eu me virei.

A probabilidade de que alguém estivesse tirando um barato da minha cara era grande. Antigamente era moda: bilhetes com remetentes falsos, dizendo *Eu te amo* ou outra baboseira. Mas em geral era fácil reconhecer o verdadeiro remetente, porque a pessoa ficava observando a gente secretamente.

Olhei na direção de onde o bilhete tinha vindo e onde também a Tatjana se sentava. Ninguém me observava. Nem Tatjana. Li o bilhete pela sexta vez. Era a letra da Tatjana, eu a conhecia direitinho. O "a" redondinho, o "d" todo enfeitado — eu poderia imitar sem problemas. Mas se eu podia, então era possível que qualquer um também pudesse. E fazendo de conta — só fazendo de conta — que o bilhete *realmente* tivesse vindo dela. Fazendo de conta que a garota que não me convidou para a sua festa quisesse saber o que tinha acontecido comigo.

Incrível. O que eu devia responder? E eu responderia? Porque até que tinha acontecido muitas coisas, e eu teria de encher cem páginas para explicar tudo. Embora eu quisesse mesmo era fazer exatamente isso. Como ficamos andando por aí, como capotamos com o Lada, como Horst Fricke atirou na gente. A parada com a paisagem lunar, a parada com os porcos e centenas de milhares de outras paradas. E como eu ficava o tempo todo imaginando que Tatjana pudesse estar nos vendo nessas horas. Mas eu tinha quase certeza de que ela não queria tantos detalhes assim. Que era provavelmente um tipo de pergunta polida, e fiquei mais um tempo pensando para finalmente resolver escrever: *Ah, não foi nada* sobre o bilhete e o devolver.

Não fiquei olhando a Tatjana ler o bilhete, mas trinta segundos depois ele estava de volta. Dessa vez, eram apenas seis palavras: *Fale logo! Estou interessada de verdade.*

Ela estava interessada de verdade. A resposta seguinte me custou meia eternidade. Embora ela não fosse muito completa, mais uma vez. Secretamente eu queria ainda relatar toda a minha saga, mas não há muito espaço num bilhete desses, e me esforcei muitíssimo. A aula estava quase acabando quando escrevi o nome da Tatjana pela segunda vez no bilhete e o entreguei para Hans. Hans empurrou-o com o cotovelo para Jasmim. Jasmin deixou-o durante um tempo ao seu lado, como se não fosse com ela, e depois deu-o para Anja. Anja jogou-o até a carteira de Olaf, na outra fileira, e Olaf, que era burro feito um monte de panos, jogou o bilhete para a frente sobre o ombro de André — exatamente quando Wagenbach se virou.

"Ah!", disse Wagenbach erguendo o bilhete, e a classe riu. Eles riram porque sabiam o que aconteceria em seguida, e eu também sabia. Nesse momento, eu queria ter a arma do Horst Fricke.

Wagenbach pegou os óculos de leitura e leu: "Maik – Tatjana. Tatjana – Maik". Ele olhou primeiro para a Tatjana e depois para mim.

"Aprecio a participação intensa de vocês na aula. Mas se vocês têm perguntas sobre a política externa de Bismarck, simplesmente as façam", ele disse. "Vocês não precisam escrever suas perguntas em bilhetinhos minúsculos, na expectativa de que eu os encontre sem querer."

Não era a primeira vez que ele fazia essa piada. Ele a fazia todas as vezes. Para a classe, tanto fazia. Os colegas achavam essa encenação ridícula sempre incrivelmente engraçada.

E não dava para ter nenhuma esperança de que isso encerraria a questão. Havia professores que apenas rasgavam o bilhete, havia outros que o jogavam no lixo ou metiam no bolso, mas também havia Wagenbach. E Wagenbach era um filho da puta. Ele era o único professor em toda a escola que era capaz de ler em voz alta todos os torpedos arquivados num celular confiscado. Não adiantava chorar ou mendigar, Wagenbach lia *tudo* em voz alta.

Ele desdobrou solenemente o bilhete e eu esperava que fosse acontecer algum tipo de milagre e um meteorito caísse do céu, abrindo a bunda de Wagenbach em duas. Ou que pelo menos tocasse o sinal do recreio — isso já seria o suficiente. Mas claro que não tocou e claro que também não caiu nenhum meteorito do céu. Wagenbach olhou de novo para a classe toda e se colocou em posição. Acho que ele adoraria ter se tornado ator ou comediante de *stand-up*. Mas só deu para filho da puta. E se fosse simplesmente um bilhete qualquer com alguma baboseira, quero dizer. Mas eram as primeiras palavras sérias da minha vida que eu trocava com Tatjana — e talvez também as últimas —, e Wagenbach não tinha o direito de ler em voz alta.

"Então a senhorita Cosic escreve", disse o Wagenbach, apontando com o queixo na direção de Tatjana, como se não a conhecêssemos, "nossa maravilhosa autora-revelação escreve: *Meu Deus!*". As últimas duas palavras com uma vozinha fina de doer.

Uma gargalhada só. Afinal, nunca se ria na aula do Wagenbach, mas quando era ele quem fazia as piadas, sim. Mesmo se fossem piadas das mais infames. Dizer *autora-revelação* era uma dessas piadas infames.

"*Meu Deus!*", Wagenbach continuou falando fino. "*O que aconteceu com você?*"

"Filho da puta", falei a meia-voz, e a algazarra abafou. Tatjana encarava o tampo da carteira à sua frente. E continuou encarando durante todo o tempo. Wagenbach se virou para mim.

"E o que o senhor Klingenberg respondeu?"

Ele baixou o queixo no peito e falou com uma voz que parecia um ursinho lelé de desenho animado: "Ah, nadadimais".

A classe urrava. Mesmo Olaf, que tinha entornado tudo por causa de sua idiotice, começou a rir. Era quase insuportável.

"Um diálogo refinado", disse o Wagenbach. "Mas será que a senhorita Cosic, ávida por conhecimento, se dará por satisfeita com essa resposta? Ou será que vai exigir mais?"

Vozinha fina: "*Fale logo! Estou interessada de verdade*".

Ursinho lelé de desenho animado: "Bão. Foi assim".

Wagenbach apertou os olhos atrás dos óculos de leitura, como se ele mesmo não conseguisse acreditar no que vinha em seguida. Tatjana ergueu a cabeça um tantinho, porque ela também não conhecia a minha resposta, e eu fiquei olhando pela janela, tentando imaginar o que Tchick faria no meu lugar. Um rosto sem qualquer expressão, provavelmente. Mas ele sabia fazer isso melhor do que eu.

Wagenbach estava tão imerso no seu papel de urso que no começo ele nem entendeu o que estava lendo em voz alta: "Tchick e eu fomo andá com o carro.

Na verdadi a genti quiria ir para Valáquia, mas daí a gente capotô cinco veiz, depois qui um atirô na genti". Wagenbach engoliu em seco e continuou com a voz normal: "Daí perseguição com a polícia, hospital. Mais tarde, ainda bati num caminhão cheio de porcos dentro e abri a perna, mas tudo bem — não foi tão grave assim".

Alguns ainda continuavam rindo. Principalmente as três pessoas que não tinham estado na festa da Tatjana. Aquelas que tinham visto Tchick e eu com o Lada estavam mais ou menos caladas.

"Veja só", disse o Wagenbach. "O certinho senhor Klingenbach! Acidentes, perseguições, trocas de tiros. E ele não está metido num assassinato? Bem, não dá para se ter tudo."

Ele certamente não acreditava em nem uma palavra do que tinha lido. Também não soava muito crível. E eu não estava louco para explicar para ele.

"Mas o que mais gostei na excitante vida do senhor Klingenberg não é esse revólver de bandido aqui. Que ele se meteu numa perseguição — se não estou enganado — com um carro e junto com o senhor Tschichatschow, também não... O que mais gostei, claro, foi o estilo da escrita. Tão conciso, tão compreensível! Como é mesmo o resumo de toda essa ópera do malandro?" Ele olhou primeiro para mim e depois para a classe e falou: "*Ah, nadadimais!*".

Wagenbach balançou o bilhete diante de Jennifer e Luísa, que tinham a infelicidade de se sentar na primeira fileira.

"Ah, nada de mais!", ele repetiu e começou a rir. Provavelmente ele não se divertia assim havia tempo. Quem não estava se divertindo nada era Tatjana. Dava para ver. E não apenas porque ela tinha escrito o bilhete. Ela parecia ter a impressão de que não tinha revólver de bandido nenhum ali, e era desse jeito que ela olhava.

Mas até agora Wagenbach tinha só gozado da gente. Faltava ainda a humilhação. O sermão. A gritaria idiota. Todos sabiam, todos aguardavam pelo desfecho, e quando Wagenbach ergueu a mão para pedir silêncio — curiosamente ele não emendou nenhuma gritaria, nenhum sermão, nenhum castigo. Em vez disso, foi o meteorito que caiu do céu. Bateram à porta.

"Sim!", disse Wagenbach.

Voormann, o diretor, abriu a porta.

"Preciso atrapalhar um pouco", ele falou. Ele olhou em volta, com o rosto sério. "Os alunos Klingenberg e Tschichatschow estão presentes?"

"Só Klingenberg", respondeu Wagenbach.

Todos tinham se virado para a porta, e não era apenas Voormann que aparecia lá. No escuro atrás dele dava para reconhecer dois uniformes. Policiais de ombros largos com o aparato completo, algemas, pistola, tudo.

"Então venha, Klingenberg", disse Voormann.

Levantei-me da maneira mais relaxada possível, se é que dá para se levantar de maneira relaxada com os joelhos bambos, e olhei uma última vez para Wagenbach. O risinho idiota tinha sumido. Ele ainda se parecia um pouco com o ursinho lelé de desenho animado, mas num desenho animado de verdade agora apareceriam duas cruzinhas sobre seus olhos e uma onda torta como a boca. Eu me sentia ótimo, apesar dos joelhos bambos. Mas isso passou logo que fiquei diante do policial, no corredor.

48

Estava evidente que Voormann não sabia o que dizer. Os rostos de ambos os policiais eram inexpressivos. Um mascava chiclete.

"Vocês querem falar a sós com ele?", Voormann perguntou. O do chiclete olhou espantado para Voormann, parou de mascar por um instante e deu de ombros. Como se quisesse dizer: pra nós, tantufas.

"Vocês querem uma sala onde possam ficar sem ser incomodados?", Voormann continuou.

"É rápido", falou o policial número dois. "Não é uma intimação. Só estamos passando porque costumamos passar mesmo."

Silêncio, olhares. Cocei atrás da orelha.

"Interrompi um telefonema", disse Voormann por fim, inseguro. E, ao sair, ainda disse: "Espero que tudo se resolva".

E daí começou. Número um perguntou: "Maik Klingenberg?".

"Sim."

"Nauentraße, 45?"

"Sim."

"Você conhece Andrei Tschichatschow?"

"Sim. É um amigo meu."

"Onde ele está?"

"Em Bleyen. Abrigo de Bleyen."

"No abrigo?"

"Sim."

“Foi o que eu disse”, falou o número dois.

“Desde quando?”, perguntou o número um e olhou para mim.

“Desde o processo... um pouco antes. Ou seja, há duas semanas mais ou menos.”

“Vocês se falam?”

“O que aconteceu?”

“A pergunta é: Vocês se falam?”

“Não.”

“Achei que ele era seu amigo.”

“Sim.”

“Então?”

Aonde esses caras queriam chegar? “É um tipo de abrigo que nas quatro primeiras semanas não dá para ter nenhum contato. Nas primeiras quatro semanas eles ficam completamente isolados do mundo de fora. O senhor devia saber isso melhor do que eu.”

O número um mascava de boca aberta. Depois do ursinho lelé de desenho animado, isso era um autêntico alívio.

“O que foi que aconteceu?”, perguntei.

“Um Lada”, disse o número dois. Ele esperou que a notícia fizesse seu efeito em mim. Um Lada. “Sumiu um Lada na Annenstraße.”

“Kerstingstraße”, falei.

“O quê?”

“Nós o roubamos na Kerstingstraße.”

“Annenstraße”, disse o policial. “Anteontem. Lata velha. Ligação direta. Encontrado hoje à noite na cidade de Königs Wusterhausen. Perda total.”

“Ontem”, falou o número um. Ele mascou seu chiclete duas vezes. “Achado *ontem*. Roubado anteontem.”

“Ou seja, não se trata do nosso Lada?”

“O que você quer dizer com nosso?”

“O senhor sabe.”

O chiclete estourou na sua boca. “Trata-se da Annenstraße.”

“E o que eu tenho com isso?”

“Essa é a questão.”

E daí fui sacando aos poucos que a partir de agora e pelos próximos cem anos Tchick e eu seríamos responsáveis por todo carro podre que alguém resolvesse levar com ligação direta em Marzahn, na Grande Berlim.

Mas o da Annenstraße não podia ter sido eu, porque fiquei o dia inteiro na escola, e à noite, treino de futebol, e não foi difícil convencer os policiais que Tchick, no seu abrigo fechado, também não tinha nada que ver com isso. Curiosamente, parece que eles tinham a mesma impressão. O número dois ficava dizendo o tempo todo que eles queriam apenas economizar a intimação e por isso resolveram dar uma passada; afinal, não estavam nem tomando notas. Eu estava quase um tantinho decepcionado. Pois nesse momento tocou o sinal do fim da sexta aula, e a porta da classe se abriu. Trinta pares de olhos, ursinho de desenho animado inclusive, esbugalharam-se, e teria sido mais legal se eles estivessem apertando meu pescoço nessa hora com o cassetete. Maik Klingenberg, o criminoso barra-pesada. Mas eles queriam apenas se despedir e ir embora.

"Devo acompanhar os senhores até o carro?", perguntei, e o número dois explodiu na hora: "Você acha bacana se mostrar diante dos seus amigos ou o quê? Quer ser algemado?".

Novamente esse papo de adulto. Como eles sacam a gente rápido. Achei que não negar era o mais próximo de um "não estou nem aí". Mas não tinha como. E eu também não queria ser chato. Eles já tinham feito o suficiente por mim.

49

Certo dia, tive de ir à secretaria buscar uma carta. Uma carta de verdade. Acho que talvez eu tenha recebido três cartas em toda a minha vida. Uma que eu tive de escrever para mim mesmo no fundamental, e depois mais uma ou duas da minha avó, antes de ela ter internet. A secretária estava segurando a carta na mão e vi que na frente tinha um desenhinho engraçado de um carro, feito com esferográfica. Um par de homens-palito estava sentado dentro dele e em volta saíam alguns raios, como se o carro fosse o sol, e embaixo estava escrito:

Maik Klingenburg
Aluno do Ginásio Hagecius
Nono ano, mais ou menos
Berlim

Que a carta tivesse chegado já era um milagre. Mas como eu não chamava Klingenburg e tinha um Maik Klinger no quinto ano, a secretária primeiro quis saber se eu conhecia o remetente.

"Andrei Tschichatschow", eu disse, pois a carta, lógico, só podia ser do Tchick, que de algum jeito tinha conseguido furar o bloqueio, e eu estava superfeliz.

"Anselm", disse a secretária.

"Anselm", falei. Eu não conhecia nenhum Anselm. A secretária inclinou a cabeça e depois de um tempo eu perguntei: "Anselm Wail?", e a secretária me deu a carta. Incrível. *Anselm Wail, Montanha alta.* Rasguei-a imediatamente para ver quem era o remetente verdadeiro, e daí eu estava excitado demais para ler e tornei a guardá-la e só fui ler uma hora mais tarde, quando estava em casa, deitado na cama.

Naturalmente porque ela era de Isa. E eu estava pra lá de contente. Eu estava quase tão contente quanto se a carta fosse de Tchick. Fiquei deitado a tarde inteira com ela na cama, pensando se agora eu estava mais apaixonado pela Tatjana ou pela Isa, e não sabia. Sério, eu não sabia.

Oi, desmiolado. Vocês conseguiram chegar na Valáquia? Aposto que não. Visitei minha meia-irmã e agora posso te devolver o dinheiro. Surrei um motorista de caminhão e perdi minha caixa de madeira. Gostei de ficar com vocês. Achei pena que não nos beijamos. O que mais gostei foram as amoras. Semana que vem vou para Berlim. Domingo, dia 29, às 17h debaixo do relógio mundial, na praça Alexander, se você não quiser ficar esperando durante cinquenta anos. Beijo, Isa.

Dava para ouvir uns barulhos vindos lá debaixo. Um grito, estouros, batidas. Fiquei um tempão sem prestar atenção, porque achei que os meus pais estavam brigando de novo, e me deitei de costas segurando a carta. Depois, porém, me lembrei que meu pai nem estava em casa, porque hoje iria visitar um apartamento novo com a Mona.

Escutei ainda mais barulho e olhei pela janela. Não havia ninguém no jardim, mas uma poltrona estava boiando com os pés para cima. Alguma coisa menor espirrou ali do lado e afundou. Parecia um celular. Desci.

Minha mãe estava junto à porta do terraço, soluçando de novo. Numa das mãos ela segurava uma prímula plantada num vaso, do jeito que a gente segura as pessoas pelo cabelo, e na outra um copo de uísque.

"Já faz uma hora que está assim", ela falou desesperada. "Esse maldito soluço simplesmente não passa."

Ela ficou na ponta dos pés e jogou a prímula na piscina.

"O que você está fazendo?", perguntei.

"O que você acha?", ela falou. "Não me apego a essa merda. Além disso, eu devia estar doida. Olhe só para essa estampa."

Ela ergueu uma almofada com um xadrez vermelho e verde e a jogou na piscina.

"Lembre-se de uma coisa nesta vida! Já conversei com você sobre as questões fundamentais? E não estou falando da confusão com o carro ou sei lá. Quero dizer as questões fundamentais de *verdade*."

Dei de ombros.

Ela apontou ao seu redor. "Tudo isso não importa. O que importa é: você está feliz com isso? Esse é o ponto. Só esse." Pequena pausa. "Você está apaixonado?"

Pensei.

"Então está", disse minha mãe. "Esqueça o resto, não vale a pena."

Durante todo o tempo ela parecia um pouco irritada, e agora ainda parecia irritada, mas também um pouco surpresa. "Então você está apaixonado? E a menina... também está por você?"

Balancei a cabeça (pela Tatjana) e dei de ombros (pela Isa).

Minha mãe ficou muito séria, ela se serviu de mais um copo e também jogou a garrafa vazia de uísque na piscina. Daí ela me abraçou. Ela arrancou os cabos do DVD-player e atirou-o na água. Na sequência, foram o controle remoto e o grande vaso com os brincos-de-princesa. Uma fonte gigante jorrou sobre o vaso, escuras nuvens de areia ergueram-se no ponto da batida e pétalas vermelhas nadavam sobre as ondas.

"Ah, isso é maravilhoso", disse minha mãe, chorando. Depois ela me perguntou se eu também queria beber alguma coisa, e eu disse que provavelmente também preferia jogar algo na piscina.

"Me ajude." Ela foi até o sofá. Carregamos o sofá-cama até a beirada da piscina. Ele fez um rolamento esquimó e depois chapinhou com os pés para subir até logo abaixo da superfície da água. Minha mãe colocou a mesa redonda na vertical e, fazendo um grande meio-círculo, o móvel rolou pelo terraço. E caiu na água bem atrás. O passo seguinte foi desmontar uma luminária chinesa, colocar a cúpula sobre a cabeça e jogar o pé na piscina como se fosse uma lançadora de dardo. Televisão, móvel dos CDs, mesinhas de apoio.

Minha mãe tinha acabado de estourar um champanhe, com direito à rolha voar pelo terraço, e estava com a garrafa borbulhante na boca quando o primeiro policial apareceu. Ele estremeceu, mas relaxou assim que minha mãe tirou a cúpula e usou-a para cumprimentá-lo como D'Artagnan e seu chapéu de pena. Ela mal conseguia se manter em pé. Eu estava na beirada da piscina, segurando a grande poltrona do jogo de sofá.

“Os vizinhos nos informaram”, disse o policial.

“Esses espiões de merda da Stasi”, retrucou minha mãe, colocando de novo a cúpula sobre a cabeça.

“A senhora mora aqui?”, perguntou o policial.

“Certamente”, respondeu minha mãe. “E o senhor está no nosso terreno.” Ela foi até a sala e voltou com um quadro a óleo.

O policial falava alguma coisa sobre vizinhos, perturbação do sossego e suspeita de vandalismo, e enquanto isso minha mãe erguia o quadro pintado a metro com as duas mãos sobre a cabeça e foi planando assim como uma asa-delta até a piscina. Ela ainda sabia fazer isso tão bem como no passado. Sempre se saía muito bem. Parecia alguém cuja maior diversão na vida realmente é planar com um quadro chinfrim até a piscina. Estou certo que os policiais adorariam planar atrás dela, se por acaso não estivessem de serviço. Eu, por minha vez, tombei com a poltrona para a frente. A água estava morninha. Ao submergir, senti minha mãe pegando na minha mão. Juntamente com a poltrona, afundamos até embaixo e de lá olhamos a superfície da água reluzente, cintilante, com os móveis boiando nela, paralelepípedos escuros, e ainda sei muito bem o que pensei enquanto estava segurando a respiração e olhando para cima. Pensei que era bem provável que eles voltassem a me chamar de Psico. E que eu não estava nem aí. Pensei que havia coisa pior do que uma mãe alcoólatra. Pensei que agora não demoraria mais muito para eu poder visitar Tchick no seu abrigo, e pensei na carta da Isa. Também pensei em Horst Fricke e no seu *carpe diem*. E pensei na trovoada sobre o trigal, na enfermeira Hanna e no cheiro do linóleo cinza. Pensei que nunca teria passado por nada disso sem Tchick neste verão e que tinha sido um verão bárbaro, o melhor de todos, e pensei nisso tudo enquanto segurávamos a respiração e olhávamos para cima, entre a cintilação prateada e as bolhas, onde dois uniformes se curvavam, sem saber o que fazer, sobre a superfície da água e conversavam entre si numa língua muda, longínqua, num outro mundo — e eu estava muito, muito feliz. Porque é certo que a gente não consegue segurar a respiração para sempre. Mas até que dá por um tempo bem longo.

Sobre o autor e a tradutora

Wolfgang Herrndorf nasceu em 1965, em Hamburgo, Alemanha. Formado em pintura, foi ilustrador da editora Haffmans, do fanzine *Looke & Trooke* e da revista mensal satírica *Titanic*, entre outras publicações. Em 2002 lançou seu romance de estreia, *In Plüschgewittern* [Em tempestades de pelúcias]. Em 2004 recebeu o Kelag-Publikumspreis e, em 2008, o Deutschen Erzählerpreis por *Diesseits des Van-Allen-Gürtels* [Desse lado do cinturão de Van Allen]. Em 2011 venceu o Clemens-Brentano-Preis e foi indicado ao Preis der Leipziger Buchmesse por *Tchick*.

Claudia Abeling nasceu em São Paulo (SP), em 1965. Formada em editoração pela USP, é tradutora do alemão, tendo vertido desse idioma diversos títulos — entre eles, *Mick Jagger e os Rolling Stones*, de Willi Winckler (2010, Larousse); *Almanaque Crepúsculo*, de Nicola Bardola (2010, Leya); *O despertar da primavera*, de Frank Wedekind (2010, Luzes no Asfalto); *Quem sou eu? — Uma aventura pela filosofia*, de Richard D. Precht (2009, Ediouro); *Balada russa*, de Wladimir Kaminer (2005, Editora Globo); e *As aventuras do poderoso Vânia*, de Otto Preussler (2004, Edições SM).

Este livro, composto com tipografia Garamond e diagramado pela Alaúde Editorial Limitada, foi impresso em papel Chamois Fine Dunas oitenta gramas pela Editora Gráfica Bernardi Limitada (EGB) no centésimo sexagésimo primeiro ano da publicação de *David Copperfield*, de Charles Dickens. São Paulo, setembro de dois mil e onze.